György Dalos
Balaton-Brigade

Foto: Brigitte Friedrich

György Dalos, 1943 in Budapest geboren, lebt heute als freier Schriftsteller in Berlin. Er wurde mit zahlreichen Preisen ausgezeichnet, u. a. 1995 mit dem Adelbert-von-Chamisso-Preis der Bayerischen Akademie der Schönen Künste, im Jahr 2000 mit der Goldenen Plakette der Republik Ungarn. Seine Bücher wurden in elf Sprachen übersetzt. Zuletzt erschien bei Rotbuch der Roman *Jugendstil* (2007).

Zu diesem Buch

Berlin/DDR 1988: Die Feier zum Jahrestag der »Großen Sozialistischen Oktoberrevolution« fällt diesmal zusammen mit dem 25jährigen Dienstjubiläum von Joseph, einem gebürtigen Ungarn und verdienten Mitarbeiter des Ministeriums für Staatssicherheit. Aus diesem Anlaß wird er zum Hauptmann befördert und bekommt den langersehnten Auftrag, im kommenden Sommer für die »Firma« am Balaton, Plattensee, in Zusammenarbeit mit den »Bruderorganen« und einer Schar von IMs auf den Campingplätzen, in den kleinen und größeren Ferienunterkünften die Urlauber zu überwachen.

Er freut sich nicht nur auf Ungarn, das Land seiner Kindheit, sondern auch darauf, eine Weile von Berlin wegzukommen, weg von einer ihn sehr belastenden Vermischung von Familie und Beruf. Er hatte sich darauf eingelassen, die eigene Tochter, die mit einem in Westberlin lebenden Chilenen eine Beziehung eingegangen war, »nur für ihr Bestes« auszuspionieren.

Dalos läßt seinen Ich-Erzähler das eigene Leben und die jüngsten Ereignisse rekapitulieren – brillant, vielschichtig und mit einer humorvoll-trockenen Lakonik.

»*Das Leben der Anderen* gilt als der erste Spielfilm, der die Stasi ins Zentrum stellt. Die *Balaton-Brigade* geht noch einen Schritt weiter ... Denn Dalos hat das erste Buch nach dem Zusammenbruch der DDR geschrieben, das die Stasi auch als Opfer ihrer selbst zeigt.«

Hubert Spiegel, Frankfurter Allgemeine Zeitung

György Dalos

Balaton-Brigade

Erzählung

Rotbuch Verlag

Der Autor bedankt sich bei der Stiftung Preußische Seehandlung für die Förderung der Arbeit an diesem Buch.

Deutsche Bearbeitung von Elsbeth Zylla nach einer Rohübersetzung von György Dalos

Die Übersetzung des Petőfi-Gedichts aus dem Ungarischen auf Seite 159 stammt von Martin Remané, die Übersetzung auf Seite 183 von Walter Radetz.

ISBN 978-3-86789-011-3

Taschenbuchausgabe, 1. Auflage

zuerst Hamburg 2006
Titel der Originalausgabe: Balaton-brigád

Umschlaggestaltung: Wiebke Buckow, Die Deichgraphen, Hamburg, unter Verwendung eines Fotos von Corbis
Druck und Bindung: CPI Moravia Books GmbH

Ein Verlagsverzeichnis schicken wir Ihnen gern:
Rotbuch Verlag GmbH
Neue Grünstraße 18, 10179 Berlin
Tel. 01805 / 30 99 99 (0,14 Euro/Min.)

www.rotbuch.de

Balaton-Brigade

Spaziergang 1

Die Geschichte, die ich dir erzählen will, Hugo, ist nur für dich bestimmt. Nur dir kann ich sie erzählen, beim Spazierengehen, beiläufig auf der Straße, ohne Blickkontakt.

Diese Geschichte begann an einem Samstag, am 5. November 1988. Kann sein, daß dieses Datum für jemand anderen bedeutungslos ist, aber nicht für mich. Natürlich kann man jede Geschichte bei Adam und Eva beginnen, aber bei dieser hier bleibt mir beim besten Willen nichts anderes übrig. Außerdem glaube ich, daß du lange Erzählungen verkraften kannst. Und daß du mein Vertrauen verdient hast. Also: Es geschah an einem Samstag, an einem Spätnachmittag, am 5. November 1988 kurz vor halb sechs. Den Zeitpunkt weiß ich deshalb so gut, weil er sich mit einem Wendepunkt meines Lebens verbindet. Aber über mein Gedächtnis hatte ich noch nie Grund, mich zu beklagen. Auf die Minute genau kann ich das allerdings nicht mehr sagen, denn kurz zuvor hatte ich etwas mehr getrunken als sonst.

Ja, Hugo, du hast recht, wir können etwas langsamer gehen. Ich werde immer gleich schneller, wenn ich über etwas rede, was mich beschäftigt.

Getrunken hatte ich – übrigens armenischen Fünf-Sterne-Cognac –, weil bei der Firma eine Betriebsfeier zu Ehren der Großen Sozialistischen Oktoberrevolution stattgefunden hatte, und der Tag fiel außerdem mit meinem 25. Dienstjubiläum zusammen. Zu diesem Anlaß überreichte mir Major Frickhelm in Anwesenheit der Diensteinheit den Vaterländischen Verdienstorden in Silber, und gleichzeitig verkündete er, der Genosse Armeegeneral hätte mich zum Hauptmann befördert. Die Beförderung war mit einem außergewöhnlich wichtigen Auftrag verbunden: Ab Sommer des nächsten Jahres sollte ich die Sicherheitsarbeit am Nordufer des Balaton gewährleisten. Gleichzeitig verkündete er, daß man mir als Stellvertreter und auch als persönlichen Chauffeur zur Unterstützung der Erfüllung meiner Dienstpflichten den Genossen Bönicke zugeteilt hätte.

All dies hatte bereits seit Wochen in der Luft gelegen und kam für niemanden überraschend, aber dennoch freute ich mich richtig darüber, daß sie der Sache einen solch feierlichen Rahmen gaben. Damals waren wir noch wie eine große Familie. Allerdings verhalten sich die Menschen auch in Familien unterschiedlich zueinander. Als zum Beispiel Major Kuschel, der Chef des Standorts Keszthely, mir gratulierte, konnte ich sicher sein, daß seine freundschaftliche Umarmung ehrlich gemeint war: Er freute sich wirklich über meine Beförderung. Seine Ehefrau Jelena, unsere russische Übersetzerin, die uns auf der Feier mit selbstgemachten Pelmeni überraschte, brach vor lauter Rührung gar in Tränen aus.

Hauptmann Höcker, unser Mann in Siófok, reichte mir hingegen wenig begeistert die Hand. Man konnte ihn verstehen: Er hatte den gleichen Auftrag wie Kuschel und ich, aber einen niedrigeren Rang. Sein kühles Verhalten ärgerte mich, aber er war mir immer noch sympathischer als dieser Leutnant Bönicke, der von einem Ohr zum anderen grinste, dabei vor Neid fast platzte und außerdem die ganze Zeit Major Frickhelm um den Bart ging. Dieser schleimige Kerl, zwanzig Jahre jünger als ich, nahm mir offensichtlich übel, daß er die ersehnte Entsendung zum Balaton nur als mein Untergebener erhalten hatte.

Abgesehen von diesen wenig angenehmen Begleiterscheinungen gefiel mir die Feier sehr gut. Trotzdem trank ich nur wenig, denn ich hatte für den Abend Roswitha und Tamara in das Restaurant Moskwa eingeladen, damit wir die Beförderung gemeinsam feiern konnten. Ich hatte sogar einen ganzen Tisch vorbestellt, damit uns der Ober nicht mit jedem Nächstbesten zusammensetzen konnte. Warte ein bißchen, Hugo, die Ampel ist doch schon rot. Du brauchst dich nicht zu beeilen, wir haben jede Menge Zeit.

Gegen Ende der Feier, die ungefähr eine Stunde dauerte, war ich in ausgezeichneter Stimmung – wäre ich pathetisch, dann würde ich sagen, ich schwebte an diesem Nachmittag auf einer Wolke des Glücks. Aber wie du weißt, ist mir jedes Pathos fremd, und während ich mich noch über die Entsendung freute, fand ich gleichzeitig, daß die Beförderung und auch der Kampfauftrag bei meinen Verdiensten eher eine Selbstverständlichkeit waren. Mit vierundfünfzig Jahren hatte ich nun endlich das erreicht, was anderen bereits viel früher zugefallen war: die zu mir passende Aufgabe im angemessenen Rang. Die Arbeit als Aktenwurm hatte mich schon lange angeödet. Ich hatte immer nur die langweiligen Berichte der anderen zu lesen, oder ich mußte das konfuse Zeug der Inoffiziellen Mitarbeiter und Kontaktpersonen zu verständlichen Berichten zusammenfassen.

Du weißt, daß ich kein Angeber bin, aber den Balaton kannte ich inzwischen besser als alle, die unsere Vorgesetzten bisher für die operative Sommerarbeit als geeignet betrachtet hatten. Das sage ich, obwohl ich vor Übernahme dieser Aufgabe noch nie am Plattensee gewesen war und in den letzten Jahrzehnten auch kaum mal nach Ungarn gereist bin. Einmal habe ich im Frühjahr 1981 eine Dienstreise dorthin gemacht. Ich mußte zur Budapester Vertretung des DDR-Reisebüros, um die Sicherung der Sommersaison abzusprechen. Zum See haben sie mich leider nicht geschickt, und einfach privat hinreisen durfte ich nicht – das habe ich dir ja schon mal erzählt, Hugo. Und dann war ich erst wieder neulich in Ungarn, lange nach der Wende, in meinem Geburtsdorf Csalányos, zu Vaters Beerdigung. Aber bereits seit Gründung der Balaton-Brigade hatte ich die per Kurierpost zu mir gelangten Materialien immer sehr gründlich gelesen, mindestens genauso intensiv, als wären sie Nachrichten von meiner Familie oder von Zuhause. Bei manchen Fotos oder ausführlichen Schilderungen hatte ich ein sehr bitteres Gefühl. Um wieviel besser und nützlicher hätte ich die Sommermonate dort verbringen können, statt in dieser öden Kaserne, in der wir als Untermieter der Nationalen Volksarmee untergebracht waren! Für den Balaton-Einsatz hielt ich mich schon deshalb für besonders geeignet, weil Ungarisch meine Muttersprache ist. Aber ich glaube, Hugo, nach unserer manchmal etwas krausen Logik mußte ich wahrscheinlich genau aus diesem Grund so lange auf meine Entsendung nach Ungarn warten.

Diese Logik, wenn auch im Ganzen akzeptabel, sorgte in Einzelfällen für unverständliche Situationen. Zum Beispiel kann ich bis heute nicht begreifen, warum ausgerechnet wir, die Mitarbeiter der Abteilung Auslandstourismus / Sozialistischer Wirtschaftsbereich, nicht bei den Genossen in Lichtenberg arbeiten durften. Dort standen dem Dienst immerhin achtundvierzig vierstöckige Gebäude zur Verfügung, und dort gab es alles: eine riesengroße Kantine, ein Einkaufszentrum und eine Poliklinik. Aber deshalb mußt du noch lange nicht an irgendwelchen westlichen Luxus denken. Das Sortiment war dasselbe wie draußen, aber man brauchte nicht Schlange zu stehen, konnte in der Kantine zwischen drei Menüs wählen, und wenn man krank war, wurde man gründlich untersucht. Bis heute kann ich nicht verstehen, warum man uns von der Zentrale ferngehalten hat. Selbstverständlich erledigten wir unsere Arbeit auch in der Außenstelle gewissenhaft. Wir fühlten uns aber wie in der Verbannung, denn das war kein Haus, das diesen Namen verdiente, sondern ein monströses Gebäude mit kalten, langen Wänden, widerhallenden Korridoren und steifen, aufgeblasenen Armeeoffizieren, von denen man im Aufzug mißtrauisch gemustert wurde. Zudem hielten sich sämtliche Entscheidungsträger in der Zentrale auf, und Major Frickhelm beklagte sich, daß er wegen allerlei hanebüchener Angelegenheiten ständig dorthin beordert wurde. Warum das so war, habe ich nie erfahren, und es hatte noch nie zu meinen Gewohnheiten gehört, viele Fragen zu stellen. Ich tat einfach, was getan werden mußte – wegen der Gesinnung, der Ehre und der Treue. Und ausgerechnet über Treue muß ich doch dir, Hugo, keine Vorträge halten.

Also, es war ein Samstag, es war später Nachmittag. Leutnant Bönicke fuhr mich nach Hause – darauf hatte ich bereits während der Feier spekuliert, denn er hatte, wie meistens bei solchen Anlässen, keinen Tropfen getrunken. Wir fuhren mit dem Dienst-Lada von der Kaserne hierher zum Leninplatz, den man heute Platz der Vereinten Nationen nennt – Lenin wollten sie nach der Wende nicht mehr haben. Damals konnte man in Berlin noch Auto fahren, im Gegensatz zu heute, wo die Stadt mit diesen verdammten westlichen Protzschlitten vollgestopft ist. Aber trotzdem gerieten wir an diesem Samstag in einen richtigen Stau. Bis zum Bersten überfüllt war die Straße der Pariser Kommune, fünfzehn Minuten dauerte es, bis wir sie passiert hatten, dann standen wir am Kaufhaus Zentrum ewig vor einer roten Ampel, und in Höhe der Bushaltestelle blieben wir endgültig stecken. Ich trommelte ungeduldig gegen das Fenster, am liebsten wäre ich ausgestiegen und zu Fuß weitergegangen, und ich sah unruhig zu den Leuten hinüber, die auf den Bus warteten. Dort stand Tamara, die sich an einen jungen Mann schmiegte und mit ihm herumknutschte. Meine Tochter war gerade siebzehn Jahre alt geworden, der junge Mann konnte an die zwanzig sein – und er war ein Farbiger! Nicht ganz schwarz, sondern er hatte eher eine helle Schokoladenfarbe, war mindestens zwanzig Zentimeter größer als Tamara und hatte krauses Haar. Außerdem hatte er Schlitzaugen, also eine Mischung aus Neger und Indio, wie sie in Südamerika vorkommen.

Natürlich habe ich noch nie im Leben jemanden nach seiner Hautfarbe oder überhaupt nach dem Äußeren beurteilt. Schließlich kommt es auf den Charakter an, auf die Gesinnung und die inneren Werte – darin waren wir uns doch schon immer einig, Hugo. Und außerdem wußte ich, daß Tamara irgendwann nach ihrem Abitur im nächsten Jahr eine engere Beziehung mit einem Jungen eingehen würde, die vielleicht auch in eine Ehe mündete. Dabei war mir egal, ob der Betreffende ein Chinese, ein Araber oder ein Hottentotte sein würde. Jetzt aber war diese Liebesszene völlig daneben, mindestens verfrüht, außerdem ärgerlicherweise öffentlich, und die Hautfarbe wies eindeutig darauf hin, daß der Mann Ausländer war! Wenn es schon ein Ausländer sein mußte, dann gab es doch unauffälligere Möglichkeiten. Knutschen mit einem Tschechen oder Polen wäre noch gegangen, wobei es auch dann besser wäre, erst das Abitur abzuwarten. Und ein Franzose oder Engländer – kommt darauf an, auf die Gesinnung und auch darauf, ob er viel von sich und seinem Wohlstand hermacht. Aber dieser Neger da? Es sprang ihm doch aus allen Knopflöchern, daß er nicht von hier war! Er war wahrscheinlich nur auf Besuch in der Hauptstadt. Dabei durfte ich als ein zum Hauptmann befördeter und für die Auslandsentsendung vorgesehener Offizier der Staatssicherheit über keinerlei Verbindungen verfügen, welche nach unseren

– übrigens völlig richtigen – Prinzipien ein Sicherheitsrisiko darstellten.

Mit einem Auge beobachtete ich das Pärchen, mit dem anderen Leutnant Bönicke, der Tamara aus dem Erholungsheim des MfS kannte. Sie hatten dort einmal zusammen Tennis gespielt. Es wäre für mich sehr unangenehm gewesen, wenn auch er Augenzeuge dieser Szene geworden wäre, aber zum Glück hatte der Leutnant nur Aufmerksamkeit für den verstopften Verkehr. Ich habe dann noch gesehen, daß meine Tamara in den krausen Haaren des Jünglings wühlte, während dieser mit seiner rechten Hand ihren Rücken hinunterfuhr, sie am Po festhielt und sich an sie drängte. In diesem Moment wechselte die Ampel auf Grün, und drei Minuten später standen wir bereits vor dem Haus am Leninplatz. Das Seltsame war, daß es mir nicht gelang, das Gesicht des Jungen zu erkennen, obwohl ich früher in der Hochschule als ziemlich guter Beobachter galt.

Heute kann ich dir alles ziemlich ruhig und ohne große Emotionen erzählen, denn es ist viel Zeit seither vergangen, und wir haben eine Unmenge an Veränderungen erlebt. Damals jedoch war ich sehr aufgebracht über das, was ich gesehen hatte. Du mußt aber nicht denken, Hugo, daß es mir in diesem Moment nur um meine Karriere ging, daß ich Angst hatte, man könnte im letzten Augenblick aus reiner Wachsamkeit statt meiner Person einen anderen Genossen nach Balatonfüred schicken. Für mich wäre das ohne Frage eine schmerzhafte Entscheidung gewesen, aber wenn jemand einer Sache aus Überzeugung dient, muß er einiges aushalten können. Wir beide, Hugo, sind nämlich keine Intellektuellen, die sich wegen irgendeines ausgebliebenen Literaturpreises oder einer nicht bewilligten Auslandsreise plötzlich zum Andersdenkenden aufschwingen. Na, du atmest so schwer und bist bestimmt müde – laß uns dort in den häßlichen Stehimbiß gehen und eine Halbe trinken, das wird uns nicht schaden.

Um auf unseren Verbannungsort zurückzukommen – selbst aus der schäbigen Kaserne ließ sich etwas machen. Wir versuchten, unsere Arbeitsräume mit Topfpflanzen, hübschen Tischdecken und Wandbildern wohnlicher zu gestalten. In diesen Dingen waren vor allem die Sekretärinnen Experten. Über meinem Schreibtisch hing das Porträt von Felix Dserzinskij – erinnerst du dich? Du hast es gesehen, wenn du mich ab und zu ins Büro begleitet hast. Ich muß sagen, er hat mir mit seinem hageren Gesicht, dem Spitzbart und der aristokratischen Haltung überaus imponiert – ein leibhaftiger polnischer Edelmann. Kein durchschnittlicher Geheimpolizist, sondern jemand, dem man auch heute in unserer modernen Zeit noch einiges abgewinnen kann. Er war mein Vorbild, Hugo, ich kann es nicht anders sagen. Er war mein Idol, ich bekannte mich wie er dazu, daß ein Tschekist über drei Eigenschaften verfügen muß: ein heißes Herz, eine saubere Hand und kalte Vernunft. Wenn ich irgendwann verzagte, die Arbeit eintönig, auch schon mal seelenlos und bürokratisch fand, wenn ich aus irgendeinem Bericht das Wesentliche nicht herausschälen konnte, dann sah ich ihn fragend an: Na, Felix Edmundowitsch, Golubtschik, mein Täubchen, was würdest du an meiner Stelle tun?

Was die tschekistischen Tugenden anbetrifft, so erfüllte ich die ersten beiden zur vollsten Zufriedenheit. Mein Herz brannte für den Sozialismus, und an meiner Hand blieb niemals ein unverdienter Groschen kleben. Aber kalte Vernunft – und hierin sind wir uns wieder ähnlich, Hugo – gehört nicht zu meinen Stärken. Auch deshalb hütete ich mich nach Beendigung meines Studiums vor der Hauptabteilung Ermittlung, obwohl die Genossen mich wärmstens dorthin empfohlen hatten. Ein Verhöroffizier muß gegenüber dem Klassenfeind oder dem irregeleiteten Subjekt eine ganz bestimmte Taktik verfolgen. Unter Umständen muß er seinem Gesicht selbst bei tiefster Empörung ein honigsüßes Lächeln aufzwingen, in anderen Fällen einen Wutausbruch mimen, während er innerlich vollkommen ruhig ist. Dafür bin ich nicht geeignet, denn wenn bei mir die Wut hochkocht, brülle ich gleich los. Und wenn ich an einen besonders gerissenen Feind geraten wäre – wer weiß, vielleicht wäre mir sogar die Hand ausgerutscht. Deshalb entschied ich mich für die weniger reizvolle Tätigkeit im Büro, wo ich mit den Delinquenten niemals persönlich konfrontiert wurde.

Selbstverständlich wäre ich imstande gewesen, die bei Verhören angemessene Haltung früher oder später zu erlernen. So setzte ich mir an jenem Samstag, als ich aus Bönickes Auto stieg, in den Kopf: Solange ich zu keiner klaren Entscheidung gekommen bin, wie es mit Tamara und dem Neger weitergehen soll, werde ich mit keinem Zucken der Gesichtsmuskeln etwas über meine Gefühle verraten. Roswitha war schon zu Hause, in ihrer Schule war die Novemberfeier bereits mittags gewesen. Sie stand vor dem Spiegel, war mit ihrem Gesicht beschäftigt und bereitete sich auf den Abend vor. Tamara erschien etwas atemlos und zerzaust kurz vor sieben und entschuldigte sich damit, daß sie den Nachmittag bei ihrer Freundin Tina verbracht und die Zeit vergessen habe. Obwohl innerlich zähneknirschend, machte ich gute Miene zum bösen Spiel, wie ich es mir vorgenommen hatte. Wir bestellten ein Taxi und fuhren zum Restaurant Moskwa. Ich behielt mich den ganzen Abend gut unter Kontrolle, und es gelang mir sogar, mich locker zu geben. Wir bestellten Krimsekt und Kaviar, Hähnchenbrust nach Kiewer Art, Wodka und zum Nachtisch russische Cremetorte.

Meine Ruhe währte auch noch den ganzen Sonntag, und ich nahm wortlos hin, daß unsere Tochter nicht mit ins Erholungsheim des MfS kommen wollte – Abiturvorbereitungen bei Tina waren ihr wichtiger. Ich wußte ja, welches Programm für sie amüsanter war als die übliche Wochenend-Freizeitgestaltung, und mir wurde übel, wenn ich mir vorstellte, daß sie die Zeit, in der wir weg waren, durchaus mit diesem Jüngling allein in unserer Wohnung verbringen und mit ihm intim werden konnte. Solche Gefühle sind dir natürlich unbekannt, Hugo.

Gegenüber Roswitha erwähnte ich nach wie vor mit keiner Silbe, was ich an der Bushaltestelle gesehen hatte. Das Bild geisterte aber ständig in meinem Hirn herum, und wegen der äußerst delikaten Natur der Angelegenheit nahm ich mir vor, am Montagmorgen als allererstes meinen Vorgesetzten Frickhelm darüber in Kenntnis zu setzen. In der Nacht von Samstag auf Sonntag war ich so nervös, daß ich ein Schlafmittel einnehmen mußte, was ich sonst vermeide.

Mein Geduldsfaden riß schließlich am Sonntagabend um viertel nach elf, als meine Tochter unsere Wohnung betrat. Im Eingangsbereich gab es nur eine 25-Watt-Birne, und vielleicht lag es an den schwachen Lichtverhältnissen, daß Tamaras Gesicht – offenbar gefühlsmäßig in Wallung – förmlich im Halbdunkeln leuchtete. Obwohl ich ihr Vater bin, habe ich meine kleinwüchsige Tochter noch nie besonders hübsch gefunden. Sie war zu dieser Zeit ein pummeliges, frühreifes Mädchen mit eckigen Bewegungen und kurzgeschorenen blonden Haaren, ihre herben Gesichtszüge erinnerten an Roswitha. Und doch: Dort im Vorzimmer stellte ich überrascht fest, daß sie wenig kindlich und sehr weiblich wirkte.

Ich konnte mir ausrechnen, daß diese Veränderung mit dem schokobraunen Kerl zu tun hatte. Und ich sage dir eines, Hugo – darauf gebe ich dir mein Ehrenwort: Wenn sie auf meine in ruhigem Ton gestellte erste Frage »Wo warst du?« vernünftig geantwortet hätte, dann wäre alles anders gekommen. Wenn sie zum Beispiel gesagt hätte: »Komm, Papa, wir setzen uns und besprechen alles in Ruhe«, dann hätte ich mich mit ihr im großen Zimmer an den Tisch gesetzt und rein sachlich weitergeredet. Ich hätte gefragt, was für ein Landsmann der junge Mann ist, mit dem sie so eng umschlungen an der Bushaltestelle stand, vielleicht auch, welche Gefühle sie miteinander verbinden. Ich hätte sie auf gewisse Risiken aufmerksam gemacht und selbstverständlich auch auf bestimmte spezielle Gesichtspunkte. Tamara wußte genau, daß ich unserem Staat an einer Arbeitsstelle diente, von der außerhalb des engsten Familienkreises niemals die Rede sein durfte. Wir hätten über alles sprechen können, ich hätte ihre Gefühle zur Kenntnis genommen, sie wäre sich über meine Lage wieder besser im klaren gewesen – wenn sie schon den Fehler begangen hatte, mich über diesen Typ nicht rechtzeitig informiert zu haben.

Aber ich hatte überhaupt keine Chance, Hugo, das mußt du mir glauben. Tamara beantwortete schon meine erste Frage nicht und zeigte durch ihre zusammengepreßten Lippen, daß sie das auch nicht vorhatte. Als ich die Frage etwas schärfer stellte, warf sie ihren Kopf nach hinten und sagte trotzig: »Das geht dich nichts an!« Und nun passierte das, was Felix Edmundowitsch auf keinen Fall gutgeheißen hätte. Ganz plötzlich verließ mich die kalte Vernunft, und mit einer raschen Bewegung verpaßte ich meiner Tochter eine Ohrfeige. Mit dem Handrücken meiner Rechten, eine Rückhand wie beim Tennis.

Im selben Augenblick bereute ich das Ereignis. Es war keine besonders kräftige Ohrfeige gewesen, aber in unserer Familie war so etwas noch nie vorgekommen. Wir haben unser Kind zu keiner Zeit besonders verwöhnt, aber wir haben Tamara auch niemals geschlagen. Es kann höchstens mal vorgekommen sein, als sie drei oder vier Jahre alt war, daß wir sie am Arm zurückzerrten, wenn sie bei roter Ampel zu schwungvoll vom Bürgersteig auf die Straße rennen wollte, so wie ich dich auch manchmal zerre, Hugo. Auch Brüllerei gehörte bei uns nicht zum Alltag, das hast du selbst erlebt, bei uns ging es still und harmonisch zu. Abgesehen davon, daß meine Arbeit immer sehr speziell war und wir über den Inhalt der Tätigkeit nicht viel reden konnten, waren wir eine ganz typische Familie, eine der zahllosen kleinen Keimzellen der Republik. Natürlich war Tamara manchmal dickköpfig, aber das kommt bei Kindern schon mal vor.

Die Ohrfeige konnte kaum wehgetan haben, aber vom Schwung des Schlages verlor Tamara das Gleichgewicht und prallte mit dem Rücken gegen die Wohnungstür. Erst dachte ich, sie fängt nun an zu heulen, aber sie schleuderte nur einen Blick auf mich, in dem Verachtung und Haß zugleich lagen. Roswitha, die schon fast geschlafen hatte, kam auf den Lärm hin aus dem Schlafzimmer, starrte mich an und fragte: »Was geht hier vor? Seid ihr verrückt geworden?«

Erst jetzt begriff ich, daß diese Ohrfeige ein riesengroßer Fehler gewesen war, denn es ging bei dem zu klärenden Sachverhalt um viel Wichtigeres als um die Unverschämtheiten einer Pubertierenden. Ich beruhigte mich ein wenig und sagte zu meiner Frau: »Es tut mir leid, aber mir ist die Hand ausgerutscht.« Wir drängten uns in dem kleinen Vorraum wie in einer Gefängniszelle. Jemand in der zehnten Etage zog die Klospülung, aus der Wohnung gegenüber kam Tanzmusik. »Roswitha«, sagte ich, »ich möchte jetzt unter vier Augen mit unserer Tochter reden.« Meine Frau spürte, daß es sich um etwas Außergewöhnliches handelte, denn sie ging wortlos ins Schlafzimmer zurück und schloß leise die Tür. Ich bat Tamara mit einer Handbewegung in mein kleines Arbeitszimmer und bot ihr so freundlich wie möglich an, Platz zu nehmen. Sie setzte sich auf die Sofakante, und ich nahm den Stuhl ihr gegenüber.

»Verzeih mir, was vorhin passiert ist«, sagte ich mit trockener Stimme, »aber glaube bloß nicht, daß du die Backpfeife wegen deiner Frechheit bekommen hast.« Ich atmete tief durch und wußte bereits, wie ich das Gespräch eröffnen konnte: »Du hast uns betrogen. Du hast den Samstagnachmittag nicht bei Tina verbracht. Das war eine Lüge. Und nun erzähl die Wahrheit. Aber die ganze Wahrheit, bitte.«

Hugo, ich kann dir sagen, das hat gewirkt – gelernt ist gelernt. Tamara krümmte sich im Sitzen und begann zu weinen. Sie flennte leise mit dicken Krokodilstränen. Ich konnte es noch nie leiden, wenn Frauen heulen, und wollte die Sache möglichst schnell zu Ende bringen – außerdem schlug die Wanduhr gerade Mitternacht. Ich setzte mich neben sie und begann ihren Rücken zu streicheln. Zuerst zuckte sie trotzig zurück, dann legte sie ihren Kopf an meine Schulter und heulte weiter, nun weniger verkrampft. Meinem Blick wich sie jedoch aus. Ich zog sie sanft an mich und fragte mit komplizenhaftem Lächeln: »Na, wie heißt der Junge? Raus damit!«

Tamara sah ein, daß Leugnen keinen Sinn hatte. »Juan«, winselte sie und fragte zurück: »Woher weißt du von ihm?« Ich hätte ihr die Wahrheit sagen können, aber statt dessen zeigte ich einen Augenblick lang noch Strenge und fragte weiter: »Einen Familiennamen hat er nicht?« – »Guittérez«, stöhnte meine Tochter und ich gab mich, als ob auch diese Information für mich nicht neu wäre. »Jetzt sehe ich, daß du die Wahrheit sagst. Jetzt erkenne ich meine Tochter wieder.« Tamara schluchzte wieder auf. »Hör auf zu heulen«, versuchte ich sie zu beruhigen, »und hör vor allem auf mit der Geheimniskrämerei. Sei ehrlich zu mir, ich will das Beste für dich. Wo habt ihr euch kennengelernt?« – »Im Klub der Völkerfreundschaft«, antwortete sie. »Er ist Chilene. Seine Eltern sind Genossen im Exil. Sie leben in Westberlin, auch Juan ist Kommunist.«

Fast hätte ich losgelacht, als ich diese Versicherung hörte. Es war doch völlig egal, wie anständig die Genossen Eltern des Jungen waren. Entscheidend war einzig und allein, daß sie drüben lebten und nicht bei uns. Dabei waren wir nach dem Putsch wirklich großzügig mit den Chilenen gewesen und hatten alle aufgenommen, die zu uns wollten. Natürlich konnten sie einen persönlichen Grund haben, weshalb sie ausgerechnet in Westberlin leben wollten. Gleichwohl waren sie somit objektiv ein Sicherheitsrisiko. Ich wollte darüber nachdenken, und um Zeit zu gewinnen, fragte ich mit sachlicher Neugier: »Und was macht er, dieser Junge?«

»Er studiert«, sagte Tamara, und ihr Gesicht hellte sich wieder ein bißchen auf. »Er will Agrarökonom werden.«

»Großartig, wirklich ganz großartig«, sagte ich. »Aber weißt du, wo ich arbeite?«

»Natürlich, Papa.«

»Bitte sag es mir.«

Tamara seufzte und sagte dann: »Lieber Papa, soweit ich im Bilde bin, arbeitest du für das Ministerium für Staatssicherheit, auch MfS genannt.«

»Und das hast du ihm erzählt?«

»Was denkst du bloß von mir!« Tamara sah mich mit runden Augen an. »Hältst du mich für so geschwätzig? Ich weiß, daß du Geheimnisträger bist. Ich habe ihm nur erzählt, was wir abgesprochen haben: Du bist Offizier der Nationalen Volksarmee.«

Das beruhigte mich ein wenig.

»Du bist doch ein gescheites Mädchen«, versuchte ich das Gespräch auf ein diplomatisches Gleis zu bringen. »Daran habe ich noch nie gezweifelt. Deshalb bitte ich dich, ein wenig in dich zu gehen. Und beileibe nicht nur wegen deiner Mutter und mir. Die Liebe ist eine große Sache«, fuhr ich fort, »aber die Entscheidung darüber, mit wem wir unser Leben verbinden, darf man nicht überhasten. Es gibt zahllose intelligente, hübsche und fortschrittliche junge Menschen auf der Welt, selbst in unserer kleinen DDR. Nicht zufällig sind wir auf unsere Jugend so stolz. Und denke bitte daran: Bei einem Menschen, der im feindlichen Ausland lebt, kann man nie genau wissen, wie stark seine Gefühle sind – ob er dir treu bleibt und dich ganz für sich haben will, oder nur ...«

An dieser Stelle geriet ich ins Stocken. Es interessierte mich brennend, wie weit sie miteinander gekommen waren, aber dafür fehlten mir die Worte. Am besten ist es wohl, dachte ich, wenn sie diesen schwierigen Gegenstand sowie die entsprechenden Vorsichtsmaßnahmen mit Roswitha bespricht. Frauen untereinander können leichter über so etwas reden. Außerdem interessierte mich die Frage der Schwangerschaftsverhütung noch am allerwenigsten. »Um zwei Sachen bitte ich dich, Tamara«, sagte ich. »Die eine: Sei zu mir weiterhin offen und vertrauensvoll.« – »Kein Problem«, sagte sie und warf mir einen schnellen, giftigen Blick zu, der wenig Offenheit verhieß. »Und die andere Bitte?«

»Die andere«, versuchte ich gleichzeitig entschlossen und wohlwollend zu wirken, »ist so: Überlege dir gründlich, wie stark du auf diese Beziehung angewiesen bist. Sieh mal, mein Kind, du bist noch sehr jung, und in deinem Alter kommen und gehen Gefühle sehr schnell. Es kann außerdem sein, daß dein Juan, den ich nicht kenne und von dem ich nur Gutes annehme, auch noch keine ausgeformte Persönlichkeit hat. Du kannst auch hier einen netten Jungen finden, und in Westberlin mangelt es gewiß nicht an hübschen Mädchen ...«

Dieser von mir ursprünglich taktvoll gemeinte Satz brachte Tamara völlig aus dem Häuschen. »Niemals!« verkündete sie empört. »Juan liebt mich, und ich liebe ihn. Das geht nur uns beide etwas an. Du hast damit am allerwenigsten zu tun. Und versuche bloß nicht, für mich einen Jungen zu finden!« Sie reckte mir herausfordernd ihr Kinn entgegen und fuhr fort: »Wen kennst du denn überhaupt? Doch höchstens irgendeinen schleimigen Unterleutnant aus deiner Firma! Im übrigen kannst du mich ruhig ohrfeigen, so oft es dir Spaß macht!« Angesichts meiner offenkundigen Hilflosigkeit sprang sie vom Sofa auf, rannte in ihr Zimmer und schlug die Tür hinter sich zu.

»Das wirst du alles noch bereuen! Wenn es zu spät ist!« schrie ich ihr hinterher. Aber im Grunde, Hugo, war doch klar, daß ich hier und jetzt eine Niederlage erlitten hatte. Ich schlich wie ein geprügelter Hund ins Schlafzimmer. Dort zog ich mich aus, faltete akkurat meine Kleider auf dem Stuhl zusammen und legte mich ins Bett.

Roswitha hatte natürlich kein Auge zugetan und starrte mich mit furchtsam geweiteten Pupillen an. Ich versuchte eine knappe, beruhigende Erklärung. »Ein Junge«, flüsterte ich, »aber mit so etwas mußten wir rechnen. Bis jetzt ist nichts Dramatisches passiert. Morgen sprechen wir über alles.«

Die Wanduhr schlug halb eins. In dieser Nacht hätte ich auch nicht schlafen können, wenn ich ein Pfund Schlaftabletten geschluckt hätte. Meine einzige Hoffnung blieb Major Frickhelm – der konnte es sicher einrichten, daß dieser Jüngling nie wieder einen Fuß auf das Hoheitsgebiet unserer Republik setzen durfte. Ja, das war die beste Lösung. Tamara würde eine Zeitlang unglücklich sein und dann die Sache verschmerzen.

Das ist doch was Feines, so ein Doppelkorn aus Adlershof, nicht war, Hugo? Ein richtiger Schnaps aus den schönen alten Zeiten, made in GDR, schade, daß er nichts für dich ist.

Jetzt weiter: Wir waren also in einem Gebäudekomplex der Volksarmee untergebracht, im dritten Stock eines Verwaltungsgebäudes, winziger Teil eines Kolosses von siebzigtausend Quadratmetern – heute herrscht dort überall gähnende Leere, alles soll seit ewigen Zeiten verkauft werden, aber kein Investor zeigt Interesse. Rechts und links vom Aufzug verfügten wir jeweils über einen Korridor mit dreißig Zimmern für sechzig Mitarbeiter. Insgesamt waren wir also rund 120 Kollegen. Die Kaffeestube am Ende des rechten Ganges war kaum größer als eine Hundehütte. Dabei waren wir für Millionen von Individualreisenden oder Gruppentouristen zuständig, die den Sommer in Karlovy Vary, Burgas, Varna oder am Balaton verbrachten. Bei uns liefen die Berichte der entsandten Brigaden oder einzelnen Agenten zusammen, und wir waren beauftragt, Menschenschmuggler, Republikflüchtige, verdächtige Individuen, Hooligans und Devisenschieber von den Bruderorganen in Empfang zu nehmen und der Justiz zuzuführen.

Natürlich waren die meisten Reisenden ehrbare Bürger, und die Anzahl der Kriminellen und Republikflüchtigen war relativ gering. Aber gerade darin lag eine besondere Schwierigkeit: Wir mußten die Stecknadel im Heuhaufen finden und das Verbrechen nach Möglichkeit schon im Keim ersticken. Das war gar nicht so einfach. Nur ein Zehntel der Feriengäste reiste mit Gruppen, in denen wir automatisch präsent waren. Allerdings waren für uns die Hotels, Restaurants und Campingplätze zugänglich, und wir erhielten von der Spionageabwehr Hinweise, welche Bürger der DDR unter besonderer Beobachtung standen. Diese konnten wir bereits vom Grenzübergang an observieren. Die ungarischen Genossen kooperierten mit uns und halfen uns sogar mit ihren IMs aus, besonders mit ihren Leuten aus der Gastronomie. Besonders schwierig waren für uns die Hunderttausende meist jugendlicher Touristen, die neben irgendwelchen Dörfern kampierten oder ihr Zelt gerade dort aufschlugen, wo sie von der Dämmerung überrascht wurden. Wir konnten unmöglich in jedem Schlafsack und Spirituskocher Abhörgeräte installieren. Dementsprechend waren unsere Berichte lückenhaft.

Kurzum, lieber Hugo: Wir hatten unglaublich viel zu tun, waren aber nur wenige und arbeiteten wie die Besessenen. Und alles spielte sich auf diesen beiden lausigen Korridoren ab.

Mein Referentenzimmer, das ich mit meiner Sekretärin teilte, lag gleich links neben dem Fahrstuhl und das des Majors Frickhelm ganz am Ende des Ganges. Allerdings kam mir an diesem Montagmorgen der Korridor unendlich lang vor. Ich fühlte, daß mir ein schicksalhaftes Gespräch bevorstand, in dem es nicht einfach nur um meine Karriere, sondern um meine tschekistische Zuverlässigkeit, meine berufliche und moralische Glaubwürdigkeit gehen würde. Mein Anliegen war noch dadurch erschwert, daß mein Vorgesetzter mich seit meinem vierzehnten Lebensjahr kannte und ich ihn achtete wie einen Vater. Wenn wir zu zweit waren, sprach er mich niemals mit »Genosse Oberleutnant« oder nunmehr »Hauptmann Klempner« an, sondern er nannte mich Josef und ich ihn einfach Gustav, ebenso selbstverständlich, wie ich dich Hugo nenne. Dieser hagere, früh ergraute Mann mit Brille und einem versteckten ironischen Lächeln war der einzige Mensch auf der Welt, auf dessen Anerkennung ich Wert legte. Zugleich, das kann ich dir gegenüber ruhig zugeben, hatte ich auch Angst vor ihm, denn er konnte einen mit einem einzigen Satz besonders auszeichnen oder völlig fertigmachen. Das merkwürdige Lächeln in seinen Mundwinkeln war nichts weiter als der bittere Spott eines Menschen, der sein Gegenüber mit Röntgenaugen durchschaut und sich wenig um Rang und Ansehen schert, wenn es etwas zu kritisieren gibt. Er war fast genauso ehrlich wie du, Hugo.

Während ich ihm die Ereignisse seit Samstagnachmittag schilderte, zeigte sein Gesicht keine Regung, erst bei der Szene mit der Ohrfeige wurde flüchtig ein Ausdruck des Unmuts sichtbar. Jedenfalls versicherte ich ihm, falls die unüberlegte Beziehung meiner Tochter auch nur das geringste Risiko bedeute, sei ich bereit, so schmerzhaft dies auch sei, mich nach einem Vierteljahrhundert Dienst von der Firma zu trennen. Schließlich gab es auch andere, einfache Arbeitsstellen, wo man einen sinnvollen Beitrag zum Aufbau des Sozialismus leisten konnte. Vielleicht fand sich aber eine andere Lösung, und man konnte diesen Kerl beim nächsten Anlaß einfach am Grenzübergang Friedrichstraße abweisen und nach Westberlin zurückschicken. Schließlich waren wir nur uns selbst eine Begründung schuldig.

Frickhelm schwieg eine Weile, dann fragte er: »Wie heißt dieser junge Herr?« – »Juan Guittérez«, antwortete ich. Er nahm seine Brille ab, hauchte die Gläser von beiden Seiten an, putzte sie sorgfältig mit einem Taschentuch, setzte sie wieder auf, und schließlich zog er die oberste Schreibtischschublade auf und entnahm ihr ein Foto. »Ist es dieser hier?« fragte er. Ich erstarrte für einen Moment und sah nun zum ersten Mal deutlich das Gesicht des jungen Mannes vor mir, der mich bereits den dritten Tag nicht zur Ruhe kommen ließ. »Ja, das ist er«, sagte ich ergriffen. »Ich habe ihn zwar nicht von vorne gesehen, aber das ist er auf jeden Fall.«

»Hör zu, Josef«, sprach der Major mit geradezu unheimlicher Ruhe, und das Lächeln im Mundwinkel war diesmal nicht spöttisch, sondern eher wohlwollend, »du bist tatsächlich in die Bredouille geraten. Ich könnte auch sagen: Warum hast du nicht besser auf deine Tochter aufgepaßt? Das wäre aber nicht ganz gerecht. Ich weiß natürlich, daß fast deine ganze Zeit von der Arbeit an unserer Sache in Anspruch genommen wird, und auch Roswitha bringt große Leistungen als Schulleiterin. Auch können wir nicht jedes Kind unter Polizeiaufsicht stellen, was auch dem Vertrauensprinzip widersprechen würde, auf dem unsere Gesellschaft basiert. Die Eltern dieses Juan Guittérez sind übrigens wirklich anständige Genossen, nicht Kommunisten, sondern Sozialisten, und sie sind im Auftrag der Partei nach drüben gegangen. Aber der Sohn ist leider nicht so zuverlässig.

Dieser Juan, obwohl er noch die Eierschalen hinter den Ohren hat, gehört zum linksradikalen Flügel der chilenischen Emigration in Westberlin, was an und für sich uninteressant wäre. Allerdings kommt er in den letzten Jahren regelmäßig zu uns, reist auch nach Polen, in die CSSR und nach Ungarn und hält dort Kontakte zu feindlichen Personen. So ist er in den Blick der Organe geraten, und zwar als Verdächtiger. Den vorigen Sommer hat er am Balaton verbracht, deshalb haben wir neuerdings seine Akte. Ich weiß nicht, wie es mit seinem Standpunkt weitergehen wird, vielleicht sieht er irgendwann seine Irrtümer ein, aber heute ist er ohne allen Zweifel Trotzkist.«

Ich zuckte zusammen wie unter einem Tritt. Schau mich nicht so an, Hugo, wir gehen bald nach Hause. Der Begriff Trotzkismus war in unseren Kreisen gleichbedeutend mit Verrat, mit Verschwörung, mit der zu allem fähigen bösen Absicht. Das hatte ich bereits an der Hochschule gelernt: Trotzki, Lew Dawidowitsch – eingeschworener Feind des Leninismus. Trotzki-Judas, eine bourgeoise Ausgeburt, und so weiter. Dabei hatte ich beim Lesen der internen Materialien nicht den Eindruck gewonnen, daß gerade der Trotzkismus eine große reale Bedrohung darstellte – ein frommer Pfarrer aus Mecklenburg war manchmal ein höheres Risiko für die Staatsmacht. Aber die Magie des Wortes durchdrang meinen Körper. Zuerst flatterte mein Magen, dann fing mein Herz an zu rasen, und schließlich spürte ich einen wahnsinnigen Druck im Schädel. Frickhelm registrierte das alles. Konstruktiv, wie er war, ging er gleich dazu über, mir in bedeutungsschwerem Plural einen Vorschlag zu machen:

»Reg dich nicht auf, Josef, das kriegen wir schon hin. Wir ziehen dich aus der Patsche und möchten auch Tamara unterstützen. Dazu brauchen wir deine Hilfe.« Als er meinen fragenden Blick sah, fügte er beruhigend hinzu: »Ich rede hier nicht als dein Vorgesetzter, sondern als Freund, und was ich zu sagen habe, ist eher privat. Dieser Juan ist nur ein kleiner Fisch. Ich glaube, er leistet eine Art Kurierdienst, und unsere Organe wollen ihn nicht hochgehen lassen, weil sie dann nicht mehr an seine Auftraggeber herankommen. Also, von mir aus müßte sich Tamara nicht von ihm trennen. Du weißt, wie sehr mir ihr Wohlergehen seit ihrer Geburt am Herzen liegt, und früher oder später wird sie selbst merken, was sie von diesem mickrigen Abenteurer zu halten hat. Schließlich ist sie das Produkt unserer Erziehung. Mir wäre es sehr recht, wenn du diesen Guittérez einlädst und ihn ein wenig kennenlernst.«

»Aber Gustav«, stotterte ich, »gestern habe ich von ihr verlangt, daß sie sofort mit dem Jungen bricht! Dann kann ich doch nicht …«

»Das war gestern«, winkte Frickhelm ab, »und heute ist heute. Gestern hast du deine Tochter geohrfeigt, was ich ziemlich dämlich finde. Sowohl politisch als auch pädagogisch. Heute fordert das Interesse an der Sache, daß du dich mit ihr versöhnst und ihr Vertrauen zurückgewinnst.«

»Aber wie denn?« fragte ich ängstlich und war mir über die Beweggründe des Majors immer noch nicht im klaren.

»Hm«, knurrte Frickhelm. »Ein Geschenk hilft immer. Was wünscht sich die Kleine? Schokolade? Einen Plattenspieler? Westjeans? Geh doch in den Intershop, meinetwegen auf Kosten der Firma …«

»Das klingt zu einfach, Gustav«, erwiderte ich vorsichtig, »wie ich meine Tochter kenne, gibt es so leicht kein Geschenk, das die Ohrfeige von gestern aufwiegt.«

»Wenn es das nicht gibt, muß es gefunden werden!« zischte der Major, und sein Ton wurde spöttisch – du weißt, Hugo, wie ekelhaft sein Spott sein konnte. »Leider hast du immer zu wenig Phantasie, Josef.« Er überlegte einen Moment, dann schlug er sich mit der flachen Hand vor die Stirn und rief aus: »Gefunden!« Er schaute mir triumphierend in die Augen. Dann gab er seine Idee preis: »Bulgaren-Somplatzki hat letzte Woche erzählt, daß seine Dackelhündin Ende September fünf Junge geworfen hat. Der Dackelrüde von Meier hat sie wohl mal zur richtigen Zeit getroffen, und Somplatzki hatte vergessen, seine Töle sterilisieren zu lassen. Nun will er die Welpen loswerden. Natürlich sind sie total süß!« Bevor ich noch protestieren konnte, wählte Frickhelm die interne Rufnummer.

So kam es, daß du bei uns gelandet bist, Hugo.

Spaziergang 2

Es ist doch völlig klar, daß wir heute ganz langsam gehen. Aber deine Schmerzen werden von der Spritze bald besser, das verspreche ich dir, Hugo. Und obwohl du dich nicht wohlfühlst, muß ich auf jeden Fall heute zu Rewatex, das Bettzeug zum Waschen abgeben, es beginnt schon zu müffeln. Dann in die Kaufhalle, die jetzt Reichelt heißt. Daß sie den Leninplatz umbenannt haben, begreife ich noch irgendwie, aber was hat man gegen die Bezeichnung Kaufhalle? Eine Kaufhalle ist doch in jedem System eine Kaufhalle.

Nur gut, daß du mir, wenn du schon schlecht zu Fuß bist, wenigstens zuhören kannst. Wenn ich mit meiner Geschichte heute fertig bin, erkläre ich dir auch, warum ich sie erzählt habe. Im Dienst hieß ich Josef und manchmal, wenn es gesellig zuging, auch Jupp, Roswitha nannte mich Joscha, wenn sie besonders nett sein wollte. Aber in meiner Kindheit in Csalányos hieß ich Seppi, oder Klempners Seppi. Wir Klempners haben unser Handwerk und unseren Namen während der Herrschaft von Maria Theresia von Fellbach in Baden-Württemberg an die Donau gebracht. Bis zu meinem 14. Lebensjahr lebte ich mit meinen Eltern in Ungarn, dann wurden wir mit der zweiten Welle ausgesiedelt.

Wenn man so will, verlief die Aktion humaner und organisierter als die erste, das Nachkriegschaos war vorbei. Wir durften einiges mitnehmen, nicht nur das, was wir am Leibe trugen, und wir konnten uns auch besser mit Lebensmitteln versorgen. Die Dorfbewohner gaben uns keine Pfuirufe mit auf den Weg, wie es 1946 gang und gäbe war, als der erste Schwabentransport losging. Mein Schulfreund Anti Balog, Sohn des Dorfschmieds, verabschiedete sich von mir sogar weinend, und der alte Gastwirt Löbl schüttelte über den ganzen Vorgang verständnislos den Kopf. Bevor Pater Sigismund mir zum Abschied die Beichte abnahm und die Absolution erteilte, sagte er, daß sich diese Ungerechtigkeit irgendwann rächen würde.

Die Sache war also nicht so schrecklich wie beim ersten Mal, aber dennoch war sie für mich furchtbar genug. Ich war vierzehn, hatte gerade die Schule beendet, verstand mich als Ungar und wollte dort leben. Statt dessen hieß man uns nach vier Tagen Zugfahrt an einer Station mit dem rußigen Schild »Aue« aussteigen. Meine Eltern, die Großmutter und ich kamen zunächst in einem halb zerstörten Bergmannsheim unter, später wurde uns eine Zweiraumwohnung zugewiesen. Damals gab es unsere DDR noch nicht, sie hieß Sowjetische Besatzungszone. In der Gegend wurde Uran gefördert, denn die USA verfügten bereits über die Atombombe, und die sowjetischen Genossen wußten, wie man dieses Höllengerät baut, brauchten aber unbedingt den Grundstoff dazu. Einen Klempner hingegen brauchten sie nicht, deshalb stellten sie Vater an eine zentnerschwere Bohrmaschine, die sie von den Nazis geerbt hatten. Meine Mutter, die in Csalányos Hausfrau gewesen war, putzte nun das Arbeiterwohnheim im Ort. Essen gab es reichlich, für ausreichend Kalorien war gesorgt.

Unglaublich viele Krankheiten grassierten in Aue – Tuberkulose, Silikose, eine lebensgefährliche Form der Anämie, außerdem der Tripper, den wir vor allem einem berüchtigten Etablissement namens »Röcke hoch!« zu verdanken hatten. Ich kellnerte in einer Kneipe, in der man außer schlapper Bockwurst und lauwarmem Bier nur zwei Sorten Spirituosen kaufen konnte. Was auf den Etiketten stand, weiß ich nicht mehr, aber die Männer nannten den Sprit »Kumpeltod« und »Blauer Würger«. Jedenfalls bin ich davon fast krepiert. Die Kollegen wollten ausprobieren, wieviel ich vertragen konnte. Das Ergebnis war eine Alkoholvergiftung, und so kam ich in das Schwarzenberger Krankenhaus der Roten Armee.

Dort lernte ich Gustav Frickhelm kennen, der mein Vorbild und Retter wurde. Er war aus der Kriegsgefangenschaft als überzeugter Antifaschist zurückgekehrt und arbeitete bald darauf als Dolmetscher der Militärärzte. Von ihm bekam ich zum ersten Mal in meinem Leben russische Schokolade, und er sorgte auch für anständige Kleidung und für Bücher. Ich las *Die Junge Garde*, *Wie der Stahl gehärtet wurde* und *Das Siebte Kreuz*, das besonders großen Eindruck auf mich machte. Frickhelm verkündete offen, er wolle für meine Erziehung sorgen, und zu den Offizieren sagte er: »Sie werden sehen, daß man auch aus diesem mickrigen Bengel einen richtigen deutschen Sowjetmenschen machen kann!«

Meine Eltern kehrten 1953 nach Csalányos zurück, Vater bekam einen Gewerbeschein ausgehändigt und durfte die alte Werkstatt wieder übernehmen. Frickhelm arbeitete damals bereits in Dresden bei der Firma, hatte den Rang eines Leutnants und schlug mir vor, in der DDR zu bleiben und an der Arbeiter- und Bauernfakultät zu studieren. Ich war neunzehn Jahre alt, und trotz der Tränen meiner Mutter ging ich nicht mehr nach Ungarn zurück. Der Grund dafür war ganz einfach, Hugo. Du willst dich nicht mit »Köter« beschimpfen lassen, und ich wollte als Deutscher in einem Land leben, in dem mich keiner »Schwabe« nannte. Auch vertreiben lassen wollte ich mich niemals wieder.

Neben dem *Siebten Kreuz* gefiel mir damals Karl Mays *Old Shatterhand* ganz besonders und weckte in mir Träume von der indianischen Zivilisation, obwohl Gustav diese Neigung nicht guthieß. »Wenn schon Indianerromantik, dann lieber Cooper – er ist fortschrittlicher«, mahnte er. Aber im Schnellkurssystem gab es ohnehin nicht allzu viele Wahlmöglichkeiten. Dann folgte die Pädagogische Hochschule mit dem Fach Deutsche Sprache und Literatur, und ich widmete meine Diplomarbeit dem Thema »Die literarische Schilderung des Antifaschismus im Werk von Anna Seghers«.

Mir stand also eine Laufbahn als Lehrer bevor, und vor Arbeitslosigkeit mußte ich bestimmt keine Angst haben, das war eben der große Unterschied zu heute. Im Rückblick sehe ich natürlich viel mehr Fehler in unserem damaligen System, als wir früher wahrhaben wollten, aber zum Beispiel die Sache mit dem persönlichen Werdegang war hervorragend gelöst. Der Staat steckte jedem seiner Bürger den Lebensrahmen von vornherein ab: Krippe, Kindergarten, Haupt- und Mittelschule, im Fall von besonderer Begabung auch Universität, und für jeden eine Stelle mit einem Gehalt, das gemessen an den Preisen ganz akzeptabel war. Früher oder später bekamen alle eine Wohnung, und nach einigem Warten konnten sich die Wohlhabenden – denn wir hatten eben keine primitive Gleichmacherei – ein Auto oder ein Sommerhaus kaufen. Und wenn jemand zum Beispiel wegen Krankheit aus dem Produktionsprozeß herausfiel, so konnte er trotzdem unter menschenwürdigen Bedingungen leben. Vor allem aber blieb er ein geachtetes Mitglied der Gesellschaft. Die Perspektiven für mich sahen also auf jeden Fall günstig aus.

Und doch muß ich dir sagen, Hugo, daß ich nicht glücklich war in diesen Jahren, woran keineswegs unser Arbeiter- und Bauernstaat schuld war. Ich lebte nun schon seit Jahren hier, aber mein Umfeld ließ mich spüren, daß ich ein Fremder war. Weder an der Fakultät noch bei der FDJ fand ich wirkliche Freunde, und als ich erwachsen wurde, hatte ich kein besonderes Glück bei den Mädchen. Wahrscheinlich roch ich nach Einsamkeit, ein wortkarger junger Mann, schlicht gekleidet, weder schön noch häßlich. Ich wohnte im Studentenheim und ging niemals zu Tanzabenden oder anderen Vergnügungen. Nur zu Hause, in Csalányos, fühlte ich mich locker, wenn ich zu Weihnachten oder im Sommer dort war. Ich trank Bier mit den ehemaligen Schulkameraden, ging mit Anti Balog angeln, genoß das Familienleben, die ungarische Küche meiner geliebten Mutter, und ich machte sogar der Friseuse Klárika den Hof, die mich mal bei der Damenwahl zum Tanzen aufgefordert hatte.

Siehst du, Hugo, ich bin völlig zerstreut, aber ich erzähle dir das alles, damit du verstehst, was für mich damals die väterliche Freundschaft von Gustav bedeutete. Er war der einzige Mensch in meiner Nähe, der sich ständig um mich kümmerte, mich bei der Pädagogischen Hochschule protegierte – denn es gab sehr viele Bewerber – und mich sogar ermunterte, mit dem Eremitendasein aufzuhören und die Veranstaltungen des Jugendclubs zu besuchen. Ich denke auch, daß er mich während des Armeedienstes diskret der Aufmerksamkeit meiner Vorgesetzten empfahl, weil ich gleich nach der Grundausbildung Bibliothekar wurde und die Rudolstädter Kaserne der NVA mit einem Dienstorden verließ.

Dabei hatte er eine Menge Arbeit in diesen Jahren, denn wir haben damals den Aufruhr des 17. Juni niedergeschlagen, unter den unruhigen Literaten aufgeräumt, und nicht zuletzt verschärften sich unsere Widersprüche mit der BRD. Über Berlin, über die offene Grenze verließen Zehntausende die Republik, weil sie dem Sirenengesang der westlichen Propaganda folgten. Viele von ihnen haben diesen Schritt später bereut, was aber nichts daran änderte, daß unser Staat täglich mehr ausblutete – auf die Dauer eine unhaltbare Situation.

Im August 1961 hatte ich mein Lehrerdiplom in der Tasche, und da eine POS in Köpenick mir eine Stelle angeboten hatte, durfte ich in der Hauptstadt bleiben. Heute glaube ich, daß Frickhelm, der mittlerweile in Berlin arbeitete, mir insgeheim wieder unter die Arme gegriffen hatte. In den Tagen, als unser antifaschistischer Schutzwall entstand, war ich bereits soweit, daß ich das Studentenheim verlassen und mir ein billiges Untermietszimmer in der Nähe von Köpenick suchen wollte, als die Pförtnerin mir ein Telegramm überreichte: »Lieber Josef! Wichtig und eilig. Morgen 12 Uhr, Spandauer Ecke Liebknecht, gr. Wolga NB 32425. Gustav.«

»Josef, mein Junge«, sagte er feierlich im Auto und schlug mir auf die Schulter, »nicht daß ich etwas gegen Polytechnische Oberschulen hätte, aber ich weiß für dich etwas Besseres.«

An diesem Tag war ich zum ersten Mal in der Zentrale.

»Hör zu«, begann Frickhelm, damals noch Oberleutnant. »Ich will ganz offen sein. Da gibt es jetzt diese ... diese Mauer. Du kannst sie nennen, wie du willst, sie trennt jedenfalls Millionen Menschen voneinander, was für alle Beteiligten sehr schmerzlich ist. Wie du weißt, mußten wir sie unbedingt hochziehen, sonst wäre unser Staat zugrunde gegangen. Vielleicht können wir später irgendwann den Würgegriff lockern, aber, wie Kipling schon gesagt hat, ›Osten ist Osten und Westen ist Westen‹. Es ist sicher, daß unsere Bürger bereits im nächsten Sommer in viel größerer Anzahl als sonst nach Polen, in die CSSR, nach Ungarn, Rumänien und Bulgarien reisen werden. Schließlich wollen sie ihre Verwandten und Freunde treffen. Das können und wollen wir nicht verhindern – wir wollen schließlich unsere Bürger nicht für die Sünden der Revanchisten bestrafen. Die BRD wird sich aber diese Chance nicht entgehen lassen!

Das heißt: Es wird viel mehr Menschenschmuggel, Diversion, Spionage und natürlich Propaganda geben als bisher, und alles wird über die Bruderländer eingefädelt. Darauf müssen wir vorbereitet sein.«

Hugo, ich kann dir sagen, mir rutschte das Herz in die Hosen. So nahe war ich noch nie mit der großen Politik in Berührung gekommen. Außerdem fühlte ich mich ein wenig geschmeichelt, weil ich ungefähr ahnte, was jetzt kommen würde.

Frickhelm räusperte sich und sagte: »Langer Rede kurzer Sinn: Ich schlage dir vor, nach gebührender Vorbereitung in den Dienst bei uns einzutreten. Wir brauchen dein Ungarisch, deine Landeskenntnis, vor allem aber deine Treue, Standhaftigkeit und Intelligenz. Die Genossen, mit denen ich über dich gesprochen habe, setzen auf dich. Wir können keine goldenen Berge versprechen, aber du bekommst eine Dienstwohnung und ein normales Gehalt. Deine künftige Arbeit ist naturgemäß geheim und erfordert gewisse Vorsichtsmaßnahmen sowie militärische Disziplin. Doch ich kann dir versichern, dazu kenne ich dich wirklich gut genug, daß du bei der Arbeit in dieser Behörde der Gemeinschaft mehr Nutzen bringen kannst als mit einer Tätigkeit als Lehrer, so wichtig dieser Beruf im allgemeinen auch ist. Außerdem sind wir keineswegs die Versammlung düsterer Genossen, die der Feind gerne in uns sehen möchte. Du wirst bei uns Freunde finden, und alles andere ist letztlich eine Frage des Klassenstandpunkts.«

Nicht einmal eine Sekunde lang habe ich gezögert, geschweige denn um Bedenkzeit gebeten. Hugo, das war eine Chance, wie sie sich nicht oft im Leben bietet.

Nun drückte ich also zum dritten Mal die Schulbank, diesmal in der Juristischen Hochschule des Ministeriums. Ich habe dort allerlei gelernt, von Verhörtaktik bis hin zu konspirativer Fotografie, und es war vieles dabei, was ich später nie gebrauchen konnte. Am nützlichsten für mich erwiesen sich später die Seminare, die sich mit der Auswertung von Berichten befaßten. Ich lernte, wie weit man zum Beispiel irgendwelchen Agentenberichten oder Zusammenfassungen der Residenten Glauben schenken konnte, das heißt, welche Begleitfaktoren die Objektivität der Fakten verfälschten. Auch war wichtig zu wissen, wie wir eventuell an uns geratene feindliche Materialien von gezielter Desinformation unterscheiden konnten. Nicht alles, was nach Wurst riecht, muß auch Wurst sein, Hugo.

Praktisches Wissen erwarb ich jedoch erst in der Phase, als Gustavs Voraussage eintraf: Eine nie gesehene Reisewelle in die Bruderländer setzte ein, die Zahl der Touristen aus der DDR wuchs von Woche zu Woche, und auf ihren Spuren folgten massenhaft Westverwandte und Freunde sowie eine große Schar von Geheimagenten und Menschenhändlern. Krakau, Budapest, Siófok und Varna wurden auf einen Schlag zu operativen Gebieten, und die Abteilung Nichtsozialistisches Wirtschaftsgebiet wurde zur Vorhut der Feindbekämpfung.

In diesem Jahr studierte ich an der Potsdamer Hochschule nur noch als Gasthörer, und mein Praktikum absolvierte ich im Objekt an der Schnellerstraße unter der Anleitung von Gustav. Er hatte für mich eine winzige Dienstwohnung in der Neusiedlung Lichtenberg organisiert und war einer meiner Bürgen für den Parteieintritt.

Häufig lud er mich zu sich nach Hause ein, ich aß oft sonntags mit seiner Frau und seinen beiden Kindern zu Mittag. Oder wir unternahmen Ausflüge zum Müggelsee, ins Erholungsheim der Firma, wo man gut essen, im Sommer schwimmen und Kanu fahren, im Winter Tennis und Billard spielen konnte. Aber das kennst du ja, Hugo, was rede ich denn. Auch für Hunde ist das ein Paradies gewesen.

Nun hatte ich neben meinen Eltern in Ungarn noch eine zweite Familie hier: Einerseits war ich bei Gustav und den Seinen gern gesehen, andererseits fühlte ich mich in der Firma ausgesprochen heimisch. Ich war damit nicht direkt glücklich, aber doch recht zufrieden. Gustav war jedoch der Meinung, es sei höchste Zeit, den ehrenamtlichen Status in seiner Familie aufzugeben und selbst eine zu gründen. Bei einem Konzert stellte er mir Roswitha vor, damals angehende Lehrerin, die aber bereits als Schülerin Aktivist der FDJ war und sich auch am Bau der Mauer beteiligt hatte. Außerdem leistete sie in der Gesellschaft für Deutsch-Sowjetische Freundschaft gute Arbeit. Roswitha machte auf mich einen angenehmen Eindruck, und Gustav hatte sie offensichtlich auf diese Begegnung vorbereitet. Aus der Bekanntschaft wurde Freundschaft, und diese führte zu unserer Eheschließung im Jahre 1965, mit Frickhelm als Trauzeugen. Das war alles ziemlich lange vor deiner Zeit, mein Freund.

Auf die Frage der Liebe möchte ich jetzt aus Gründen, die ich dir später noch erklären werde, nicht eingehen. Tatsächlich löste Roswitha bei mir durchaus warme Gefühle aus, und unser mehrere Jahrzehnte dauerndes

Zusammenleben bewerte ich positiv, abgesehen von gelegentlichen Streitereien, die schließlich normal sind. Damals sehnte ich mich aber neben der systematischen und sinnvollen Arbeit so stark nach einem ausgewogenen privaten Hintergrund, daß ich eigentlich jede Frau akzeptiert hätte, sofern sie eine Empfehlung von Gustav war. Egal, was ich heute über ihn denke – dieser Mann lenkte mein Leben in sichere Bahnen und stand in allem hinter mir. Inzwischen war er zum Hauptmann aufgestiegen, und unter Berufung auf mein frisches Juristendiplom setzte er meine Ernennung zum Leutnant durch. Außerdem nahm er mich in Schutz gegenüber einigen übertrieben wachsamen hohen Genossen, denen ich ein Dorn im Auge war. Weil ich noch im Ungarn der Horthy-Zeit geboren worden war! Das mußt du dir mal vorstellen, Hugo! »In wessen Deutschland seid ihr denn geboren?« fragte Gustav frech die Genossen, und jeder hatte Angst vor seiner spitzen Zunge.

Als Roswitha und ich in die neue Wohnung am Leninplatz zogen, half er sogar beim Umzug. Im Jahre 1971 ernannte er sich feierlich zum Paten unserer Tochter Tamara. Sogar der Name stammte von ihm: Er hatte dabei an Tamara Bunke gedacht, eine Kampfgefährtin von Che, die als Guerillera in Bolivien gefallen war. Diese Sache haben wir allerdings damals nicht näher geprüft. Heute ist es kein Geheimnis mehr, daß unsere Firma bei der Aktion in Bolivien ihre Hand mit im Spiel hatte.

Na, siehst du, Hugo, jetzt geht es dir wieder besser. Du brauchst mich aber nicht unbedingt abzuschlecken, ich weiß auch so, daß du mich liebst. Jedenfalls gehören wir zusammen. Seit Roswitha ausgezogen ist, Tamara nicht mehr mit mir redet und auch mein Enkelchen nicht zu mir läßt, bilden wir beide die Familie. Komisch, nicht? Ich könnte sogar deinen Namen mit auf den Briefkasten im Erdgeschoß kleben. Josef und Hugo Klempner, klingt doch gut. Zwei Brüder eben, oder ein Familienbetrieb. Aber dir schreibt ja niemand, ich hingegen bekomme hin und wieder Post. Sei nicht böse, Alter, ich muß dich an die kurze Leine nehmen, sonst läßt man uns nicht zu Rewatex.

Und nun will ich, wie vorhin versprochen, endlich erklären, warum ich dir die Geschichte bis hierher überhaupt erzählt habe. Nach allem, was Gustav jahrzehntelang für mich getan hatte, wäre es unmöglich gewesen, seinem merkwürdigen Vorschlag auszuweichen, daß ich diesen Juan kennenlernen sollte. Dies war gewissermaßen meine moralische Pflicht gegenüber dem Dienst. Für mich war die Vorstellung, in der eigenen Wohnung einen Feind zu empfangen und mit ihm freundschaftliche Gespräche zu führen, überaus unangenehm. Dabei war ich mir damals noch sicher, daß man nichts von mir erwartete, was darüber hinausging. Andererseits war für mich die Aussicht, mich mit Tamara zu versöhnen, sehr verlockend. Ich liebte meine Tochter über alles, obwohl ich es ihr nicht allzu deutlich zeigen konnte.

Gustav, das mußte man ihm zugute halten, hatte sich wieder mal als hervorragender Menschenkenner erwiesen. Als ich den winzigen Dackelwelpen in einem kleinen Korb mit nach Hause brachte, kam Tamara gerade aus dem Kinderzimmer und machte in wenigen Sekunden eine faszinierende Wandlung durch. Sie warf sich in meine Arme, konnte sich vor Glück kaum fassen und küßte mich ab. Den ganzen Abend spielten wir mit dir, wir steckten unsere Finger zwischen deine nadelspitzen Zähnchen, streichelten dein weiches braunes Fell und bewunderten dich als handfesten Beweis unseres Friedensschlusses. Roswitha äußerte zunächst sämtliche Bedenken, die ihr einfielen: Wir Spinner hätten doch keine Ahnung, was wir uns da einbrockten, sagte sie. Und überhaupt sei doch die Frage, wer dieses kleine Unglückswesen füttern, ausführen, pflegen und erziehen sollte. Sie, Roswitha, stünde dazu jedenfalls nicht zur Verfügung. Während sie noch zeterte, hast du vorsichtshalber einfach auf die Auslegware gepinkelt. Da war Roswitha tief gerührt, fand dich hinreißend, nannte dich den süßesten Hund der Welt und konnte sich ebenfalls den Rest des Abends nicht mehr von dir trennen. Sie selbst war es, die zum ersten Mal mit dir Gassi ging.

Als ich während des Abendessens dann auch noch erklärte, ich wolle möglichst bald Juan kennenlernen, war das Familienglück perfekt. Tamaras Gesicht rötete sich voller Freude, und das alte, intime Vertrauen zwischen uns schien wiederhergestellt. Roswitha schaute mich von der Seite an, als hätte ich den Verstand verloren, sagte aber nichts, denn sie fand es interessanter, dem neuen Hündchen beim Fressen zuzusehen.

Der Ehrlichkeit halber muß ich zugeben: Der schokobraune Chilene hat keinen ganz schlechten Eindruck auf mich gemacht bei seinem ersten Besuch. Ein zwanzigjähriger junger Mann in Anzug und Krawatte, meiner Frau brachte er Blumen mit, wie es sich gehört, sprach sie mit Doña Roswitha, mich mit Don José an. Er konnte gut deutsch, wenn auch mit spanischem Akzent, was seiner Rede einen gewissen Charme verlieh. Und wie er mit dir umging, war einfach menschlich gewinnend. Er wolle dir das Laufen beibringen, was ihm aber nicht gelang, denn du konntest auf deinen winzigen Pfoten gerade mal stehen und bist nach einigen Schritten meist umgefallen. Da nahm er dich auf den Schoß und ließ dich beim Kaffeetrinken die ganze Zeit dort liegen. Ich konnte mir jedenfalls vorstellen, warum er meiner Tamara so gut gefiel. Auf irgendeine Weise entstand an diesem Nachmittag auch die Idee, dich »Hugo« zu nennen. Ich weiß aber nicht mehr genau, wie es dazu kam.

Nach dem Kaffee zog ich mich mit dem jungen Mann in mein Kabinett zurück, und wir setzten unter Männern das Gespräch fort. Er erzählte von seinen Eltern und seiner chilenischen Heimat und sprach mit dem allergrößten Respekt von dem ermordeten Präsidenten Allende. Er teilte mit, wenn einmal in Chile die Diktatur gestürzt worden sei und der »Sossjalismo« gesiegt habe, dann wolle er dort für den Schutz der tropischen Pflanzenwelt arbeiten. Diese befand sich seiner Meinung nach wegen Industrie, Landwirtschaft und Raubbau in tödlicher Gefahr. Dies habe selbst Allende nicht erkannt, aber es sei ihm ja auch nicht viel Zeit geblieben.

Politisch war Juan sehr mitteilsam, und ich verzichtete darauf, mit ihm über seine Ansichten zu diskutieren, obwohl diese unglaublich naiv und für mich völlig inakzeptabel waren. Obwohl er einsah, daß unsere DDR ein Arbeiterstaat war, vertrat er den unsinnigen Standpunkt, daß bei uns »stalinismo« und »burocrácia« herrschten. In dieser Frage, ebenso wie in manchen anderen, hätte »compañero« Trotzki recht behalten. Ausgerechnet »compañero«! Das ging mir ziemlich auf die Nerven, das Gespräch war für mich unbedingt eine Trainingseinheit für kalten Verstand im Sinne von Felix Edmundowitsch.

Bei der Auswertung des Gesprächs erinnerte mich Gustav daran, daß ich keinesfalls mit der Tür ins Haus fallen durfte. Das wußte ich allerdings selber: Wenn man keine Geduld hat, dann schöpft die andere Seite Argwohn. Bei der nächsten Begegnung mit dem Jungen gab ich also zu, daß es bei uns bürokratische Auswüchse gäbe – selbst die Nationale Volksarmee sei nicht ganz frei davon. Seiner Reaktion konnte ich entnehmen, daß Tamara mich tatsächlich als Armeeoffizier vorgestellt hatte. »Aber«, fügte ich hinzu, »um einen Staat bürokratisch zu nennen, muß man viel über ihn wissen, mit den Bürgern sprechen, zum Beispiel mit Jugendlichen, und sie fragen, wie es ihnen bei uns geht. Ich habe das Gefühl, Juan, daß du keine lebendige Verbindung mit unserer Gesellschaft hast. Dazu reicht es nicht aus, gelegentlich aus Westberlin zu kommen und einmal von der Friedrichstraße bis zum Alexanderplatz zu laufen.«

Mit dieser etwas boshaften Bemerkung hatte ich einen wunden Punkt getroffen. Juan begann heftig zu beweisen, daß er in unserem Staat sehr vielen Menschen begegnet sei. Auch habe er einen engen Freundeskreis von Jugendlichen, zu dem er regelmäßigen Kontakt pflege. Was er von ihnen höre, sei nicht besonders schmeichelhaft für ein sozialistisches Land. Fast alle klagten über die Mauer, die schlechte Versorgung, die einseitigen Informationen und über die Stasi, die überall ihre Spitzel hätte. Mir wurde fast schlecht, Hugo, das kannst du mir glauben. Die Einseitigkeit seiner Betrachtungsweise war kaum zu überbieten, und ich dachte mit Grauen daran, wie viel von diesem flachen Unsinn sich Tamara wohl zu eigen gemacht hatte. Die Freunde Juans waren angeblich ehrliche Anhänger des »sossjalismo«, aber seltsamerweise lasen sie fast ausschließlich aus dem Westen eingeschmuggelte Bücher, hörten Schallplatten von dort und guckten Westfernsehen. Sogar Juan fiel auf, daß seine Freunde gewisse Illusionen über die westlichen Verhältnisse hatten. Er vertrat die Ansicht, eben deshalb müsse man sie als Touristen dorthin lassen, damit sie mit eigenen Augen die Widersprüche des »capitalismo« sehen könnten, die der »compañero« Trotzki so zutreffend analysiert hätte. Ja, schüttele dich ruhig, Hugo. Ich kriege heute noch eine Gänsehaut, wenn ich an diesen gequirlten Blödsinn denke.

»Na ja«, kommentierte Frickhelm meinen Bericht am nächsten Morgen, »es ist allemal denkbar, daß der Junge nur ein Instrument in ihrer Hand ist – das ist aber manchmal viel schlimmer, als wenn er ein angeworbener Agent wäre. Stell dir bloß mal vor – wieviel würde sich der Bundesnachrichtendienst einen Profi kosten lassen, der es schafft, so nah an uns heranzukommen!

Irgendwann ahnt Juan deinen wahren Beruf, in deiner Wohnung hat er sich bereits umgeschaut, und ebenso, wie du mit ihm ein gelenktes Gespräch führst, könnten sie ihm Ähnliches beibringen. Auch die arme Tamara kann Überflüssiges schwätzen. Dann folgt dir eines schönen Tages ein unscheinbarer Trabant mit Leipziger Kennzeichen, und sie könnten bis hierher kommen. Im Handumdrehen lichten sie die komplette Diensteinheit ab – die einen knipsen sie beim Kommen, die anderen beim Gehen. Liebe ist manchmal gefährlicher als eine Neutronenbombe.«

»Was können wir dagegen tun?« fragte ich verzweifelt. Jetzt endlich war ich mir über die Tragweite des Ganzen im klaren.

»Zunächst einmal nicht viel«, sagte Frickhelm. »Vor allem müßten wir etwas mehr über diesen Don Juan und seine hiesigen Kontakte wissen. Was für Konsequenzen dann die zuständige Abteilung zieht, ist nicht mehr unsere Sache. Ich nehme an, er ist früher oder später in der Republik unerwünscht. Tamara tut mir leid, aber sie ist alt genug, um einzusehen, daß der Staat sich verteidigen muß.«

»Und bis dahin?« murmelte ich unsicher, denn seine olympische Ruhe war mir unheimlich.

»Bis dahin«, sagte der Major, »greifen wir zu den gewöhnlichen Vorsichtsmaßnahmen. Der Junge darf nicht mehr bei euch aufkreuzen. Du mußt Tamara darum bitten, daß sie sich außer Haus treffen. Des weiteren erwarte ich von dir, daß du mir über die ganze Sache eine Aufzeichnung machst.«

»Warum ist das nötig?« brach es aus mir heraus. Zum

ersten Mal seit meiner Bekanntschaft mit Gustav regte sich Protest in mir. »Hast du kein Vertrauen?«

»Wie kannst du so was denken, Josef!« rief Frickhelm, und seine Stimme klang verärgert. »Das hat nichts mit Vertrauen zu tun, das ist Sicherheitsinteresse. Erstens: Leider ist die Privatwohnung eines Tschekisten auch Objekt, und wir haben jetzt einen Fall von reiner Dekonspiration. Zweitens: Ich bin es, der den Kopf hinhalten muß, wenn dieser Guittérez irgendwo geschnappt wird und ein Holzkopf da oben es plötzlich riskant findet, dich nach Balatonfüred zu entsenden. Und da möchtest du doch gerne hin!«

Während er noch redete, bekam ich Lust, ihm zu sagen, daß die Dekonspiration meiner Wohnung doch seine Schuld sei. Von ihm stammte schließlich die blöde Idee, den Jungen dorthin einzuladen. Ich wußte jedoch, daß er mir einen Vorwurf dieser Art nie verzeihen würde. Außerdem hatte ich aus seiner Bemerkung über Balatonfüred eindeutig eine Drohung herausgehört. Die erste Liebe meiner Tochter konnte in der Tat meine Karriere zerstören, und das war nicht einmal eine böswillige Erpressung, die sich Frickhelm ausgedacht hatte, sondern einfach die Logik des Sachzwangs.

»Also, ich soll eine Aufzeichnung machen«, wiederholte ich entmutigt. »Und was weiter?«

»Ganz einfach«, sagte Frickhelm. »Wenn du allein in der Wohnung bist, schau dich mal im Zimmer deiner Tochter um, und wenn du irgendeine Information findest, die mit dem Jungen zusammenhängt, muß die in deinen Bericht. Intimitäten sind belanglos. Und Roswitha laß bitte aus dem Spiel.«

Tut mir leid, Hugo, jetzt ist Pause. Ich muß dich anbinden, weil du nicht mit in die Kaufhalle darfst. Oder Reichelt, hol's der Teufel. Mach Platz, Hugo. Platz, habe ich gesagt. Reg dich nicht auf, ich beeile mich doch immer.

Siehst du, da bin ich schon wieder. Die Jaulerei hättest du dir sparen können. Leider war dein Lieblingsfutter ausverkauft, aber ich habe Pansen genommen. Weil du so brav gewartet hast, habe ich dir auch ein Leckerchen mitgebracht – da, nimm. Du mußt mir glauben, für dieses System hätte ich alles getan. Im Falle eines neuen 17. Juni wäre mir unter bestimmten Voraussetzungen sogar vorstellbar gewesen, für die Sache des Sozialismus zu töten. Oder mich selbst in Stücke hacken zu lassen. Was die Methoden zur Verteidigung des Staates betraf, hatte ich weder Vorbehalte noch Vorurteile. Vor allem war ich sicher, daß der Sozialismus aus reiner Notwehr auf geheimdienstliche Mittel, Abhörgeräte und Agenten angewiesen war. Im Klassenkampf gibt es kein Fair play – der arme Allende, was hat er mit seinem tiefen Humanismus erreicht? Am Ende hatte er eine Kugel im Kopf, weiter nichts.

So dachte ich, so denke ich bis heute, und in der Theorie war das alles völlig klar. Als ich jedoch am nächsten Vormittag das Kinderzimmer betrat, wurde mir plötzlich speiübel. Erst überlegte ich: Habe ich gestern etwas Verdorbenes gegessen? Aber nein, das war bei Roswithas gesunder Küche ganz ausgeschlossen. Außerdem hatte ich einen unverwüstlichen Magen und war überhaupt niemals krank. Plötzlich spürte ich einen Druck im Bauch, als sei er auf das Doppelte angeschwollen. Ich rannte ins Badezimmer, kam fast zu spät – ein schrecklicher Durchfall. Dann beruhigte ich mich und sah mich im Reich meiner Tochter um, den kleinen Dackel dicht auf den Fersen. Schon damals hast du immer geguckt, was ich mache, Hugo. Zwar folge ich Frickhelms Instruktion, tröstete ich mich, aber wer kann es schon einem Vater verübeln, wenn er sich mal im Zimmer seiner Tochter umschaut? Sie ist noch ein halbes Kind, frisch verliebt, und es ist doch verständlich, wenn ich mir Sorgen mache.

Tamara hatten wir immer zur Ordnung erzogen, die Bücher im Regal standen alphabetisch sortiert, auch das alte Spielzeug war noch da, und dann hing das Guevara-Bild über ihrem Bett, das sie sich von mir zur Jugendweihe gewünscht hatte. Wie schön war die Feier gewesen, und was für eine sorgenfreie Kinderzeit hatte meine Tochter erlebt! Im Rückblick ärgere ich mich manchmal: Millionen hatten bei uns eine glückliche Kindheit und Jugend, und heute wollen die meisten nichts mehr davon wissen.

Ich ging zum Schreibtisch und wollte die Schublade aufziehen. Sie war abgeschlossen, und den Schlüssel hatte Tamara sicherlich bei sich. Eine Sekunde lang war ich sogar ein bißchen stolz auf meine Tochter: Sie ist ihrem Vater ähnlich, sie achtet auf die Wahrung von Geheimnissen. Dann aber war mir das abgeschlossene Schubfach verdächtig: Was soll hier vor mir, vor den Eltern verborgen werden? Natürlich war es kein Problem für mich, einen Kinderschreibtisch aus DDR-Produktion zu öffnen. Ich holte den Werkzeugkasten aus dem Flur, nahm daraus ein Stück Draht, drehte diesen ein paarmal im Schlüsselloch, und die Schublade sprang auf.

Ganz obenauf lag ein großformatiges Foto des Jungen mit der Bildunterschrift: »Für Tamara, meine Zukünftige – Venceremos!« Ach, wie romantisch, dachte ich verärgert. Rechts lagen kleine dünne Broschüren, alles Westausgaben, alles Trotzki, was mich wenig verwunderte. Ich notierte die Titel in meinem Notizbuch.

Unter der kleinen Trotzki-Bibliothek lag ein Blatt Papier mit Tamaras Handschrift. Alle schlechten Gefühle waren verflogen, ich spürte nichts außer großer Neugier. Es handelte sich dabei um einen angefangenen Brief an Juan. Natürlich weiß ich ihn nicht auswendig, aber ich werde ihn dir gleich vorlesen. Ich habe ihn damals in mein Notizbuch geschrieben. Laß uns zu der Bank dort gehen. Und nimm Platz, Hugo.

Siehst du, da ist mein Notizbuch. Ich habe es vorsichtshalber heute morgen eingesteckt. Der Brief war an einem Sonntagabend geschrieben, am 4. Dezember 1988. Und nun halte dich fest:

»Mein Liebster,
kaum eine halbe Stunde ist es her, daß Du weggegangen bist, und ich vermisse Dich schon jetzt! Ich bin stolz auf Dich, Du warst sehr geschickt, und Papa war von Dir beeindruckt. Natürlich ist er mit 99 Prozent von Deinem Treiben bestimmt nicht einverstanden – und dabei hast Du ihm gar nicht alles erzählt! Aber es gibt Dinge, die ihn nichts angehen, niemanden auf der Welt, nur uns beide.

So ist unsere Beziehung. Wir binden niemandem auf

die Nase, was uns beschäftigt. Aber wir beide sprechen immer ehrlich über alles. Deshalb kann ich auch die Frage, die Du mir vorgestern im Volkspark gestellt hast – Du weißt schon – jetzt beantworten. Ich habe überhaupt keine Angst, das mußt Du nicht denken. Meine Gefühle sind völlig klar: Ich sehne mich nach Dir, ich möchte unbedingt mit Dir schlafen. Ich will, daß Du der erste und einzige Mann in meinem Leben bist. Aber es ist mir überhaupt nicht scheißegal, wann und wo wir uns nahe sein können. Und auf die Bude von Bodo oder Kalle mitsamt den versifften Matratzen habe ich keine Lust. Ich brauche für so was eine angenehme Umgebung. Ideal wäre unsere Wohnung, aber nur dann, wenn meine Eltern weit weg sind. Wichtig ist mir, nicht nur ein Stündchen mit Dir zu verbringen, ›Schäferstündchen‹, wie meine Mutter immer sagt. Wenn schon, dann möchte ich die ganze Nacht mit Dir zusammensein. Ganz oder gar nicht.

Im März fährt Papa wahrscheinlich nach Ungarn, eine längere Dienstreise. Und Mama ist auf Klassenfahrt im Harz. Bis dahin ist es noch sehr lange – das stimmt. Aber ich glaube, daß es richtig ist, noch zu warten. Schließlich lieben wir uns wirklich, und Sex ist nicht alles. Außerdem kann man nicht behaupten, daß wir uns sittsam verhalten, wenn wir uns treffen. Im März also dieses Ereignis, und im Juni mache ich das Abitur. Dann entscheide ich selbst über mein Schicksal, wir heiraten und werden frei zusammen leben. Bis dahin wird sowohl Chile als auch unsere DDR frei sein.

Ansonsten haben wir ja noch Gorbatschow, der …«

Ja, da war der Brief zu Ende. Ein Schülerbrief mit runden Buchstaben. Ist es nicht zum Verrücktwerden? Als ich das gelesen hatte, dachte ich als erstes: Sie werden sicherlich in unser Schlafzimmer gehen, klar, da steht ein Doppelbett, während Tamaras Klappsofa kaum für zwei geeignet ist. Ich konnte mir diese Szene ohne weiteres in ihrer rohen Wirklichkeit vorstellen, aber für keinen Augenblick mit den Nächten in Zusammenhang bringen, die ich im selben Bett mit meiner Frau verbracht hatte. In den ersten Jahren unserer Ehe haben wir regelmäßig miteinander geschlafen. Diese auf die Wochenenden konzentrierten Ereignisse wurden nach Tamaras Geburt allmählich zur reinen Routine und waren in den letzten Jahren überhaupt an ihr Ende gekommen. Die aus dem Brief meiner Tochter hervorquellende Leidenschaft beunruhigte mich – so etwas hatte ich noch nie im Leben empfunden, und es war vermutlich auch Roswitha völlig fremd.

Wenn das hier Liebe ist, dachte ich, dann war ich noch nie verliebt und werde es auch wohl nie sein. Obwohl mein Leben durch Arbeit und Familie vollständig ausgefüllt war, verspürte ich plötzlich den Wunsch, auch mal das zu tun, was diese jungen Menschen gerade versuchten: dem Griff der äußeren und inneren Zwänge zu entkommen und nur der eigenen Sehnsucht zu folgen.

Ich hatte also mein Gefühlsleben ein Leben lang fast völlig unter Kontrolle, und ich glaube nicht, daß das etwas mit der inneren Disziplin der Firma zu tun hatte. Bei uns gab es Flirts, Skandale, Scheidungen und Dreiecksgeschichten. Mit der Zeit wurde die Führung im Umgang damit flexibler als in den harten sechziger oder siebziger Jahren. Wenn sich zum Beispiel Oberleutnant X in eine Frau verknallte und aus diesem Grund seine Ehe in die Krise geriet, mußte er selbstverständlich darüber mit dem direkten Vorgesetzten oder dem Parteisekretär sprechen. Gustav Frickhelm sagte in solchen Fällen zu dem Betreffenden: Wir mischen uns in dein Privatleben nicht ein, aber du mußt kurzfristig entscheiden, mit welchem Weib du leben willst, denn jemand, der bei uns arbeitet, braucht geordnete Verhältnisse. Ich habe mich auch ohne diese Warnung den Normen entsprechend verhalten, was ich heute ein wenig bereue.

Ja, und was verstehst du davon? Gar nichts, mein Lieber. Als du noch ganz gesund warst, bist du jeder läufigen Hündin nachgelaufen. Manchmal konnten wir dich tagelang nicht finden, du bist dem puren Geschlechtstrieb gefolgt. Aber so einfach ist es bei uns Menschen nicht.

Gustav sagte, Intimitäten seien belanglos – von mir aus. Aber wie konnte man sie in diesem Fall von den wesentlichen Informationen trennen? Wenn Tamara und Juan ohne mein Wissen in der Wohnung irgendeines Kalle oder Bodo eine Orgie feierten, dann fiel das nicht in meine Verantwortung. Wenn sie aber in meiner Wohnung – einem Objekt – dieses Ereignis planten, und ich wußte davon, dann mußte ich es auch melden. Konnte Gustav ernsthaft so etwas von mir fordern? dachte ich. Aber dann fiel es mir wieder ein: Es ging gar nicht darum, was er forderte. Meine Moral, unsere Tschekistenmoral forderte es, und zwar als einzig akzeptable Haltung.

Als ich jedoch damit begann, Tamaras Brief hier in mein Notizbuch abzuschreiben, wurde mir wieder schlecht, und auch mein Bauchkrampf wiederholte sich. Dann saß ich endlich im Badezimmer auf dem Klo, und das Gefühl war wieder verflogen. Verdammt noch mal, dachte ich, mein Körper rebelliert! Was will er von mir? Ich bin kerngesund, wiederholte ich mir im Kopf immer und immer wieder. Das war eine Tatsache, die Genossen in der Kantine oder in unserer kleinen Kaffeebude sprachen andauernd über ihre Krankheiten. Manchmal war es mir sogar ein bißchen unangenehm, daß ich nicht mit irgendwelchen miesen Cholesterinwerten oder mit Bluthochdruck aufwarten konnte.

Vielleicht finde ich etwas Wichtiges in dieser Schublade, dachte ich, etwas weniger Intimes, das trotzdem, wie man bei uns sagte, sicherheitsrelevant war. Schließlich konnte ich nicht mit leeren Händen vor meinem Vorgesetzten erscheinen. Denn die Trotzki-Bücher waren als Beute zu mager. Sie konnten höchstens beweisen, daß der Kerl nicht ganz richtig im Kopf war, was wir aber ohnehin schon wußten. Unter Tamaras verschiedenen Ausweisen, Leserkarten und dergleichen fand ich einen Briefumschlag, auf dem in fremder Männerschrift »Ostadressen« stand. Schnell begriff ich, daß Juan seine Adressenliste bei Tamara versteckte, damit er sie nicht jedesmal über die Grenze bringen mußte. Du konspirierst für den Anfang schon ganz gut, mein Junge, dachte ich, aber jetzt hast du verloren. Ich nahm die kleinen Zettel einen nach dem anderen aus dem Umschlag und schrieb die Berliner, Warschauer, Prager und Budapester Adressen in mein Notizbuch.

Diese Tätigkeit beanspruchte eine ganze Stunde, erschien mir aber sicherer, als wenn ich den Briefumschlag mit zur Firma genommen hätte, um den Inhalt zu kopieren und das Original anschließend in die Schublade zurückzuschmuggeln. Ich hatte es eilig. Es konnte immer mal passieren, daß eine Unterrichtsstunde zwischendrin ausfiel, und die Schule war nur einen Katzensprung von unserer Wohnung entfernt.

Als ich fertig war, schlug die Wanduhr halb zwölf. Mit dem Draht verschloß ich wieder die Schreibtischschublade, brachte den Werkzeugkasten zurück ins Vorzimmer und entfernte mich rasch aus der Wohnung. Als ich mit meinem Trabant in die Straße der Pariser Kommune einbog, stand Tamara – Arm in Arm mit Juan – an derselben Bushaltestelle, wo ich sie zum ersten Mal zusammen gesehen hatte.

Nachmittags um halb fünf legte ich den von mir erwarteten Bericht sowie die Liste mit den »Ostadressen« dem Major Frickhelm auf den Tisch. »Erstklassige tschekistische Arbeit!« rief er begeistert aus, und er fügte hinzu, als ginge es um eine vorher abgesprochene Gegenleistung: »Und morgen früh beginnen wir mit der Vorbereitung für die Entsendung zum Balaton.«

Spaziergang 3

Das hätte ich nie geglaubt, du hast dich wirklich sehr schnell erholt. Es gefällt mir, wie du herumrennst, die Vögel jagst und anbellst – das ist ein bißchen wie früher. Du bist ja noch nicht alt und kannst noch viele schöne Jahre haben. Das ist der Unterschied zu mir, meine beste Zeit ist eindeutig vorbei. Die Spritze gestern und die Medikamente haben dir offensichtlich gutgetan. Dabei haben wir es am Ende kaum noch bis nach Hause geschafft, ich mußte dich durch die Danziger Straße tragen. Die Dimitroff, die man heutzutage Danziger nennt. Egal, der Bulgare war trotzdem der Held des Leipziger Prozesses und bleibt es auch.

Meine Sorge ist, ob es dir nun dauerhaft besser geht. Der Tierarzt ist zuversichtlich, obwohl er uns sicherheitshalber noch geraten hat, die Tierklinik in Steglitz aufzusuchen. Angeblich haben sie dort bessere Geräte. Ehrlich gesagt, diesen Weg würde ich mir gerne ersparen, denn Steglitz ist Berlin-West. Ich mag die Stadt nicht, ich habe die Grenze früher nur überquert, um Tamara und den Kleinen zu besuchen, aber jetzt, wo sie mich nicht mehr sehen wollen, habe ich drüben nichts mehr verloren. Hugo, du bist der einzige auf der Welt, für den ich noch einen Fuß nach Westberlin setze.

Leider wird unser Osten nun immer schneller zum Westen. Die Sparkasse an der Ecke hat längst dichtgemacht, und nun muß ich, um meine Rente abzuholen, bis zur Dresdner Bank pilgern. Die hat eine neue Filiale gegenüber der alten Parteizentrale eröffnet. Die Chipkarten hasse ich wie die Pest, die scheußlichen Geldautomaten erinnern an Spielautomaten in einer Westkneipe. Auf die D-Mark würde ich gern verzichten, die habe ich früher auch nicht gebraucht. Ich mag nicht, wie sich die Scheine anfühlen, und auch die Köpfe gefallen mir nicht: kein Goethe, kein Engels. Außerdem haben die Klugscheißer jetzt noch mal neues Geld erfunden, für ganz Europa. Was soll ich mit Europa? Ich rechne mir schon die Teuerung aus, die Neuen jetzt können die Preise doch nicht unter Kontrolle kriegen, im Unterschied zu DDR-Zeiten.

Mit Leutnant Bönicke hatte ich, wie vorauszusehen war, von Anfang an Probleme. Aber ich muß zugeben, daß er hervorragend Auto fährt. Wir brauchten für die Strecke Berlin–Budapest mit unserem Lada nur gut zwölf Stunden. Allerdings wurden wir an den Grenzübergängen zur CSSR und nach Ungarn nicht aufgehalten, die Firma hatte unsere Durchreise rechtzeitig angekündigt. Bei Rajka hatte ich ohnehin das Gefühl, daß es dort keine Grenze mehr gab. Gegen Abend, als wir vor Budaörs in einen Stau gerieten, sah ich die Riesenschlange der Autos aus Wien, mit Videogeräten und Computern auf den Dachgepäckträgern. Sogar auf dem Schoß hatten die Leute noch Kartons. Der Einkaufstourismus, der hier vor gut einem Jahr eingesetzt hatte, hielt immer noch an.

Im Gästehaus des ungarischen Innenministeriums empfing uns ein schläfriger Genosse. Er überbrachte Grüße des Bruderorgans, verbunden mit der Bitte, morgen zunächst auf die Genossen zu warten und auf keinen Fall allein auf die Straße zu gehen. Im leeren Speisesaal erwartete uns ein kaltes Abendbrot und eine Flasche Rotwein. Während des Essens spekulierten wir, vor welchem Fehler oder Unglück uns die ungarischen Genossen wohl bewahren wollten, aber es fiel uns absolut nichts dazu ein. Dann trennten wir uns, ich nahm das kleine Zimmer mit Dusche, und erst kurz vor dem Einschlafen erinnerte ich mich wieder: Morgen war der 15. März, Jahrestag der Revolution von 1848. An diesem Tag stand die ungarische Hauptstadt jedes Jahr Kopf – unsere Kundschafter berichteten immer über eine besondere Häufung von Zusammenrottungen, die häufig sogar in Kundgebungen übergingen.

Ein Mann aus der Botschaft holte uns am nächsten Morgen um halb neun ab. Er setzte sich in unseren Lada und brachte uns über die Kettenbrücke nach Buda. Am Adam-Clark-Platz fuhren wir rechts und bogen unterhalb der Fischerbastei in eine kleine Straße ein. Dort hielten wir vor einer hübschen Villa, neben der Toreinfahrt fand sich die Aufschrift »Sauberer Hof – anständiges Haus«. Wir klingelten, die Tür wurde geöffnet, und wir gingen über eine Wendeltreppe in den ersten Stock. Dort erwartete uns an der Tür bereits ein untersetzter, kahlköpfiger Mann mit einem jungen Dolmetscheroffizier. »Oberst Farkas«, stellte er sich vor, verabschiedete den Genossen aus der Botschaft und bat uns in ein Zimmer, dessen Boden mit einem weichen Perserteppich bedeckt war. Ich präsentierte mich gemäß meiner sorgfältig einstudierten Legende als Dr. Helmut Schwabe, meines Zeichens Hauptverantwortlicher für die Koordinierung des sozialistischen Reiseverkehrs der DDR. Dabei hatte ich das Gefühl, daß Farkas genau wußte, wen er vor sich hatte: Wenn er ungarisch sprach, starrte er mich an, während er mit seinem Blick dem Dolmetscher vermittelte, er solle das Gespräch für Leutnant Bönicke übersetzen.

»Ich bitte um Verzeihung, Genossen«, sagte er, während wir an dem länglichen Rauchtisch in großen Ledersesseln Platz nahmen, »daß Sie einen so weiten Weg hatten. Normalerweise hätten wir im Ministerium verhandelt. Sie aber wollen, wie ich weiß, heute noch zum Balaton. Und von dort drüben aus«, er wies mit der Hand auf die Pester Seite der Donau, »hätten Sie heute die Autobahn M-7 kaum erreichen können.« Er bot uns etwas zu trinken an, und Leutnant Bönicke und ich entschieden uns für Kaffee, denn wir würden an diesem Tag noch ein langes und anstrengendes Programm haben.

Du fragst dich sicherlich mal wieder, warum ich dir das alles erzähle. Ich hoffe, es wird später noch deutlich, wie die einzelnen Fäden meines Lebens zusammengehören. Aber der einfachste Grund ist der: Ich erzähle dir alles, weil es sonst niemanden gibt, dem ich das erzählen kann. Guck mich nicht immer so an, das ist mir nicht recht. Behalte deine Hundenase ruhig am Boden. Und mit dem Kläffen darfst du gern auch mal wieder aufhören. Gegen den großen Hund dort kommst du ohnehin nicht an.

Der Oberst ging in die Teeküche und brachte auf einem Tablett sämtliche verfügbaren Getränke mit. Er schenkte uns aus einer Thermoskanne Kaffee ein, mir und sich selbst außerdem einen Schnaps. Was Bönicke betraf, so sagte er entschuldigend zum Dolmetscher: »Der Genosse muß noch fahren.« Dann wandte er sich an mich: »Aber Ihnen, Genosse Schwabe, kann ich dieses herzstärkende Mittel wärmstens empfehlen. Nebenbei gesagt«, fügte er mit unverhohlenem Stolz hinzu, »ich habe ihn selbst gebrannt. Wenn ich mich nicht demnächst erschießen muß oder an der nächsten Laterne aufgeknüpft werde – weiß Gott, dann werde ich später professioneller Schnapsbrenner.«

Bönicke und ich starrten ihn ungläubig an, obwohl wir im Laufe vieler Beratungen mit dem ungarischen Bruderorgan bereits die Erfahrung gemacht hatten, daß sich bei den Genossen häufig Zynismus mit Pathos, Lüge mit Anfällen von Wahrheitsliebe mischte. Zudem spielte bei dieser seltsamen Mischung häufig Alkohol eine Rolle. Zwar waren auch die Genossen aus unserer Firma keine Kostverächter, aber sie wären selbst im Vollsuff nicht zu solchen Äußerungen fähig gewesen. Ohnehin war bei uns Alkohol während der Arbeitszeit verboten. Natürlich wußten wir, daß einige schwache Tschekisten gelegentlich einen Flachmann in der Innentasche des Jacketts bei sich trugen, aber wenn sie einen heben wollten, zogen sie sich kultiviert auf die Toilette zurück, als wollten sie ihre Notdurft verrichten. Im Grunde handelte es sich ja auch um etwas Ähnliches. Da soll doch jemand kommen und den ersten Stein auf solche Genossen werfen – aber bitte jemand, der schon mal eine ähnlich nervenaufreibende und seelisch belastende Arbeit geleistet hat.

Nun breitete Oberst Farkas eine militärische Karte auf dem Tisch aus. Auf dieser waren geographische Punkte, die für das ungarische Innenministerium von operativer Bedeutung waren, mit fetten, pechschwarzen Kreisen eingezeichnet. Das betraf zum Beispiel die Grenzübergänge im Westen und Süden, Komitatshauptstädte, Hotels, Campingplätze, einige große Parkplätze vor allem in Grenznähe, Bankfilialen und größere Einrichtungen der Gastronomie am Balaton. Drei rote Pfeile signalisierten die Richtung, aus der feindliche Einflüsse ins Land gelangen konnten. Der erste stand für die BRD-Touristen, die über Österreich in Autos, Reisebussen und Zügen unterwegs waren, der zweite zeigte den Weg der DDR-Touristen, die sich von der tschechoslowakischen Grenze in Volánbussen oder mit Trabants dem See näherten, der dritte kennzeichnete die Zugverbindung zwischen Budapest und dem Balaton, die über die Südbahn lief und mehrheitlich Bürger der DDR, aber auch anderer sozialistischer Staaten beförderte.

»Dieses hier«, sagte der Oberst und zeigte auf den dritten Pfeil, »sind die sogenannten Rucksacktouristen aus ärmeren und jüngeren Bevölkerungsschichten. Sie bevorzugen die Südküste, hauptsächlich die kleinen und billigen Badeorte. Da gibt es mehr frei zugängliche Strände, wilde Campingmöglichkeiten und Imbißbuden, und es gibt insgesamt mehr Leute. In der Masse kann man leichter Schwarzhandel betreiben und sich in Freilichtkinos und Konzerte einschleichen. Kleinere

Delikte wie Ladendiebstahl und illegaler Devisenhandel gibt es häufig, und manchmal kommt es zu Schlägereien, wenn die Leute betrunken sind.«

»Und Prostitution?« Leutnant Bönicke hatte offensichtlich das Bedürfnis, sich auch endlich am Gespräch zu beteiligen, und lächelte süffisant. Die Frage war typisch für ihn und paßte zu seinem schmierigen Charakter. Ich sage dir, Hugo: Mir wäre sie gar nicht eingefallen. Auch hielt ich es für möglich, daß die Äußerung auf eine ganz persönliche Interessenlage des Genossen zurückzuführen war. Der Oberst starrte ihn erstaunt an. »Wovon Prostitution, mein junger Freund?« fragte er zurück. »Ihre Staatsbank genehmigt den Umtausch von 2650 Forint pro Person. Bitte folgen Sie mir bei der Berechnung der Kosten von einer Woche. Eine irgendwie geartete Unterkunft kostet rund 150 Forint pro Tag, insgesamt 1050 Forint. Wenn man ein bißchen mit dem Auto herumfährt, machen die Benzinkosten wöchentlich 300 Forint aus, Lebensmittel, knapp kalkuliert, 1000 Forint – und was bleibt dann für die Huren? Die kosten – je nach Qualität der Darbietung, wenn ich so sagen darf – zwischen 500 und 2000 Forint. Allerdings lungern neuerdings in manchen Badeorten verarmte weibliche Existenzen herum, die neben ihren schlecht bezahlten Aushilfsjobs etwas dazuverdienen wollen. Sie nehmen eine billige Unterkunft an der Küste, hocken in den Gaststätten und versuchen sich an Westdeutsche zu verdingen. Manche hoffen auf eine Liebesaffäre oder sogar auf eine Heirat, eine verständliche menschliche Schwäche. Oder meint der Genosse Leutnant«, Farkas warf einen albernen Blick auf meinen Untergebenen,

»die Damen aus der DDR mit dieser Dienstleistung? Dann müßten Sie selbst die Tarife kennen ...«

Leutnant Bönicke wurde puterrot, als habe ihn jemand bei einem unzüchtigen Gedanken ertappt. Farkas fuhr fort:

»Die Kategorie der Rucksacktouristen ist vom Gesichtspunkt der Staatssicherheit her nicht besonders gefährlich. Mit Westdeutschen kommen sie selten in Berührung. Sie planschen also im Wasser, trinken Bier, essen Fisch, und wenn ihnen das Geld ausgeht, fahren sie wieder nach Hause. Jedenfalls haben sie es bisher so gehalten. Den Gruppentourismus haben Sie bestens unter Kontrolle über die Reisebüros oder über Jugendtourist. Ich nehme an, die potentiellen Täter werden teilweise präventiv verhindert, indem man ihnen keine Reisegenehmigung erteilt oder sie bei Bad Schandau zurückschickt. In den großen Buslinien, IBUSZ oder Expressz, sind wir am Drücker, ebenso in der Gastronomie. Ein großes Problem für uns ist, daß wir wenig über die bestehenden Kontakte zwischen Ost und West wissen. Zum Beispiel: Ein Bürger der BRD bestellt in Braunschweig für seinen jüngeren Bruder in Magdeburg und dessen Familie einen kompletten Urlaub. Das Geschäft läuft über private Reisebüros, die wir kaum erreichen können. Gleichzeitig braucht unser Land Devisen, und wir können uns den Luxus nicht leisten, jemanden aufgrund eines vagen Verdachts bei Hegyeshalom zurückzuweisen. Wir als rohstoffarmes Land sind sehr auf Fremdenverkehr angewiesen. Selbstverständlich betrifft dies auch Reisende aus Ihrer Republik. Im vorigen Sommer sind 800 000 DDR-Bürger nach Ungarn gekommen, und in diesem Jahr rechnen wir noch mit weit mehr Gästen ...«

Und so weiter, und so fort. Du hast ganz recht, diese Stelle ist zum Gähnen. Es war alles stinklangweilig, das Thema ödete mich an, vor allem durch das Schneckentempo der Dolmetscherei. Du kannst dich ruhig neben dieser Parkbank schlafen legen, du gleichgültiger Hund. Ich werde trotzdem einfach weiterreden, wenn es dir nichts ausmacht.

Verstohlen schaute ich auf meine Armbanduhr: Es war bereits elf Uhr vormittags. Ich hörte dem Oberst immer gereizter zu. Einerseits tischte er uns ein Kriegsspiel mit strategischer Karte auf, andererseits verlor er sich wie ein zerstreuter Professor in den allerletzten Einzelheiten. Wozu das Ganze? Eine Landkarte hatten wir selbst, und von Akarattya bis Györök kannte ich alle Ortschaften des mir anvertrauten Küstenabschnitts seit Wochen auswendig. Dieses Gespräch hätte vor zwanzig Jahren ganz genauso verlaufen können, und ich wollte dem weiteren Geschwätz ein schnelles Ende bereiten.

»Fragen Sie den Genossen Oberst«, wandte ich mich an den Dolmetscher, »ob die ungarischen Organe nicht meinen, daß wir in diesem Sommer mit einer qualitativ neuen Herausforderung konfrontiert werden. Ich denke vor allem an die Westgrenze ...«

»Aha«, sagte Farkas in heuchlerisch anerkennendem Ton.

So ein Schlitzohr wie den hast du in unserer Firma nie gesehen, Hugo. Nicht unter den Tschekisten der gesamten DDR.

Dann sagte er direkt zu mir: »Genosse Hauptmann,

Sie haben recht.« Mach bloß nicht diesen albernen Sprachtest mit mir, dachte ich und wartete, bis der Dolmetscher den Satz ins Deutsche übertragen hatte. Der Oberst sollte sich gefälligst damit abfinden, daß ich entweder kein Ungarisch verstand oder nicht verstehen wollte. »Bevor wir diese Frage eingehend prüfen«, sagte Farkas, »machen Sie mir die Freude, einen gemeinsamen Blick auf das Panorama unserer Hauptstadt zu werfen.« Er führte uns zum Fenster, die Sonne schien, und wir konnten von dort aus direkt auf die Innenstadt schauen. Und damit wir noch besser sehen konnten, gab er Bönicke und mir je ein sowjetisches Armeefernrohr.

Was wir nun erblickten, war faszinierend und beängstigend zugleich. Am Donauufer entlang bewegte sich eine riesige schwarze Menschenmasse mit vielen Fahnen, unter denen wir keine einzige rote entdecken konnten. Der Oberst nahm mit sichtlicher Genugtuung die Erschütterung auf unseren Gesichtern zur Kenntnis. Wir setzten uns wieder an den Tisch. Er schenkte noch einmal Schnaps ein, zuerst mir, dann sich selbst. Ich lehnte meinerseits höflich ab, und er trank mit einer blitzschnellen Bewegung sein Glas leer.

»Werte Genossen«, sagte er mit ruhiger, fast heiterer Stimme, »was Sie soeben gesehen haben, ist die Agonie unserer Volksmacht. Von diesem Phänomen sind Sie beide unmittelbar betroffen. Unsere Staatsgrenzen sind, wie der Genosse Hauptmann richtig andeutete, für Freund und Feind gleichermaßen offen. Wie Sie wissen, haben wir im Januar die Flüchtlingskonvention unterzeichnet, und diese wird ab Mitte Juni voll gelten. Das bedeutet, daß wir Ihnen von diesem Datum an keinen einzigen Grenzverletzer mehr übergeben dürfen. Zum jetzigen Zeitpunkt genehmige ich noch Abschiebungen in die DDR, aber das ist bereits halb illegal, und ich setze dabei meinen Kopf aufs Spiel. Wenn jetzt ein DDR-Bürger bei uns um Asyl bittet, sind wir gezwungen, die Frage zumindest zu prüfen.«

»Aber Genosse Oberst«, brach es aus mir heraus, nicht so sehr wegen des Inhalts der Mitteilung, der uns längst bekannt war, sondern weil er mit dieser Erläuterung anderthalb Stunden gewartet hatte, »merken Sie nicht, wie absurd das alles ist? Wieso sollten die Bürger unseres Staates im sozialistischen Bruderland Ungarn Asyl beantragen? Wir sind schließlich selbst ein Land, das Asyl gewährt. Bei uns leben politische Flüchtlinge, verfolgte Menschen aus furchtbaren faschistischen Diktaturen. Glauben Sie doch bloß nicht, daß die Deutsche Demokratische ...«

Farkas brauchte die Übersetzung offensichtlich nicht abzuwarten, er verstand besser deutsch als du, Hugo. Er trank schnell noch einen Schnaps, stand dann auf, schwankte ein wenig und sagte sehr laut mit harter Stimme: »Genosse Schwabe!« Ich war überzeugt, daß es jetzt zu einem Eklat kommen würde. Aber er wiederholte, diesmal etwas ruhiger:

»Genosse Schwabe! Damit es keine Mißverständnisse zwischen uns gibt, erlauben Sie mir bitte, diese Lagebewertung etwas persönlicher vorzunehmen. Ich habe meinerseits bereits die Konsequenz aus der Gesamtsituation gezogen, indem ich dafür gesorgt habe, daß ich ab dem nächsten Ersten Rentner bin. Meine Geduld ist zu Ende.« Wieder erhob er die Stimme: »Ich habe nämlich keinen Bock darauf, tatenlos zuzusehen, wie diese Parteiführung« – er spuckte fast bei diesem Wort – »wie diese Versammlung von Hurensöhnen, Verrätern und Konterrevolutionären unseren ganzen schönen Sozialismus zerfickt.« Er gab dem Dolmetscher ein Zeichen. »Lassen Sie das bleiben mit dem Übersetzen. Sie haben sowieso nicht den passenden Wortschatz.« Er atmete tief durch und sprach weiter: »Ich finde leider keinen Platz für mich in diesem Prozeß. Mein Ziel war immer die Festigung der sozialistischen Demokratie, und darüber bin ich mir einig mit den meisten Genossen aus der Zentrale.«

Während des Abschieds an der Tür bat er uns eindringlich, nach einem weiteren Schnaps nun schon mit schwerer Zunge: »Genossen, ich bitte Sie, tun Sie alles, damit wenigstens bei Ihnen die Arbeitermacht erhalten bleibt. Hüten Sie den Sozialismus wie Ihren Augapfel! Und seien Sie besonders wachsam am Balaton, sonst kommt es ausgerechnet an unserem schönen See zu Ereignissen, die den Anfang vom Ende bedeuten.«

In bedrückter Stimmung erreichten wir die Straße M-7, im Rücken die tobende Stadt. »Das sind Kaffeehaustschekisten«, zischte verächtlich Leutnant Bönicke. »So ist auch ihre Partei, besonders seit der Genosse Kádár abgelöst wurde. Das sollten sie mal versuchen, bei uns eine solche Kundgebung abzuhalten! Wir würden mit dem Gummiknüppel draufhauen, bis sich keiner mehr rührt. Und wenn es sein muß, haben wir auch keine Hemmungen, scharf zu schießen! Oder etwa nicht?«

Ich zog es vor, zu schweigen. Selbstverständlich wußte ich, daß wir die Volksrepublik Ungarn als sozialistischen Staat abschreiben konnten, und das war unbedingt ein tragischer Verlust. Ich dachte aber nicht daran, Oberst Farkas oder anderen Tschekisten einen Vorwurf daraus zu machen. Selbst in dieser schwierigen Lage versuchten sie noch ihre Pflicht gewissenhaft zu erfüllen. Wenn es nach ihnen und nach uns ginge, dann würde das System bis zum heutigen Tage trotz all seiner Schwächen noch existieren. Leute wie Farkas waren gewohnt, jeden Befehl gewissenhaft und ohne Krittelei zu erfüllen. Und nun lautete der Befehl, die Hände in den Schoß zu legen! Eigentlich waren ihnen gerade jene in den Rücken gefallen, deren Macht sie verteidigen sollten.

Leider waren wir in vielem nicht besser dran als die Ungarn. Ich möchte dir nur ein Beispiel erzählen, das gerade dich besonders erschüttern wird. Auf einer Offizierstagung schlug ein leitender Genosse vor, als Sparmaßnahme die Hälfte der Mauerhunde zu verkaufen. Stell dir das mal vor! Ausgerechnet den Hund wollte man einsparen, den besten Freund des Menschen, der tausendmal zuverlässiger bei der Feindsuche ist als das Gros unserer inoffiziellen Mitarbeiter! »Wer wird dann an unseren Grenzen bellen, Genosse?« fragte Major Frickhelm spöttisch. »Was für eine Frage!« trötete der Schlaumeier aus der Zentrale. »Wir nehmen das Bellen auf Tonband auf und können es, wenn es sein muß, vierundzwanzig Stunden lang abspielen – wichtig ist doch die abschreckende Wirkung.« Das war ein demütigender, erniedrigender Augenblick, Hugo.

Und doch glaubte ich damals, daß unsere Auftraggeber uns nicht so zusetzen würden wie die Ungarn ihren Tschekisten. Ich hoffte auch und war zuversichtlich, daß das Volk bei aller Unzufriedenheit unser System nicht so haßte wie die Ungarn das ihrige. Vor allem konnte ich mir zu keiner Zeit vorstellen, daß die DDR eines schönen Tages einfach mir nichts, dir nichts verschwinden würde. Es kam mir nicht einmal im Traum in den Sinn, daß es jemals eine Welt ohne DDR geben könnte. Wie sollte das denn gehen? Ich trete aus unserem Haus am Leninplatz, und es gibt keine DDR mehr? Ausgeschlossen! Hättest du zum Beispiel jemals daran geglaubt, daß es Hundefraß gibt, in dem man überhaupt kein Fleisch und nicht einen einzigen zermahlenen Knochen findet? Das ist doch Blödsinn, nicht wahr, Hugo?

Jetzt machen wir uns auf den Weg nach Hause, damit du endlich deine elende westdeutsche Hundekonserve fressen kannst. Du mußt wieder ein bißchen was auf die Rippen kriegen.

Und doch gibt es Situationen, in denen der Mensch, ohne zu wissen, warum es so ist, eine unglaubliche Lebenslust empfindet und jede Sorge vergißt. Das ist genau wie vorhin, als du die Vögel im Friedrichshain gejagt hast! Da warst du plötzlich jung und glücklich, wenn auch nur für kurze Zeit und dank der Medikamente.

So ähnlich ging es mir, als ich zwischen Akarattya und Kenese zum ersten Mal den Balaton sah. Nein, das war jetzt ungenau, Hugo. Ich habe den Balaton im Grunde wiedererkannt, ohne den See vorher je gesehen zu haben. Ich hatte damals mein dickes liniertes Notizbuch bei mir, genau so eins wie das, aus dem ich dir gestern

Tamaras Briefentwurf vorgelesen habe. Auf der linken Seite schrieb ich in Berlin alles auf, was ich über die Nordküste des Plattensees aus verschiedenen Quellen erfahren konnte. Die rechte Seite ließ ich leer, um meine unmittelbaren Eindrücke hinzuschreiben beziehungsweise um die Informationen auf der linken Seite zu überprüfen und zu ergänzen. Ich war sehr neugierig, welche von den vorher erworbenen Kenntnissen für mich tatsächlich von Nutzen sein würden. So ein Verfahren schult ohne Frage das Beobachtungsvermögen.

Dieses Notizbuch, das ich neben anderen Dokumenten in der Wirrnis der Auflösung unserer Firma gerettet habe, enthielt alles, was ich aufgrund meiner Legende wissen mußte. Zum Beispiel war für mich von Bedeutung, daß es in der Nähe von Akarattya einen drittklassigen Campingplatz für fünftausend Personen gab. Das Restaurant im Dorf hieß »Schöne Aussicht«, die Konditorei »Süßes«, das Bistro »Stimmung«, und direkt am See waren zwei Strandbäder zu finden: Das eine gehörte zum Campingplatz, das andere zur Gemeinde. Ach ja, und dann gab es dort den berühmten Baum von Rákóczi, der vor Jahrhunderten die Grenze der Komitate Veszprém und Fejér markiert hat. Das alles mußte ich wissen, denn ein Fachmann im Fremdenverkehr, dem die gesamte Gegend unbekannt war, würde zumindest deplaziert wirken.

Irgendwo etwas zu lesen oder theoretisch zu erarbeiten ist die eine Sache – die gelebte Wirklichkeit ist eine ganz andere. Zum Beispiel wird das Wort »Schöne Aussicht« lebendig, wenn du im Restaurant sitzt und den Ausblick auf den See genießt, die Konditorei »Süßes«

lebt davon, daß du dort einen heißen Kaffee trinkst, in die Tasse ein Stück Würfelzucker hineingibst und so weiter. Das klingt banal, und du bist in diesen Dingen ohnehin klüger als ich. Für dich, Hugo, gibt es ja gar keine theoretische Aneignung. Und nichts auf der Welt existiert, wenn du es nicht riechen kannst. Ich hatte jedoch plötzlich eine Landschaft vor mir, die mich seit fünfundzwanzig Jahren faszinierte und mir dennoch völlig neu war.

So wußte ich aus gängigen Reisebeschreibungen, daß die Ungarn den Balaton »ungarisches Meer« nennen, und dort, wo der See am breitesten ist, erweckt er auch diesen Eindruck. Na gut, würde man denken, über ein Meer verfügt auch unsere DDR, und es ist nicht wirklich eine optische Täuschung, wenn der Horizont in Warnemünde oder Rügen unendlich erscheint. Aber welch ein Unterschied! Verzeih mir den pathetischen Ausdruck, Hugo: Bei uns badet das Meer in der Sonne, und dort ist es umgekehrt, denn die Sonne schwimmt im See. Beides finde ich schön, nur mit einem wesentlichen Unterschied. Ich betrachte gern das Meer, aber wenn die Sonne im Balaton schwimmt, verspüre ich den Wunsch, dort nie wieder wegzugehen.

Jahrzehntelang hatte ich Berichte gelesen, geprüft und ausgewertet. Die Welt existierte für mich vor allem auf dem Papier. Aber plötzlich, auf dem Weg zum Balaton, war ich mitten in der Welt. Als wir von der Sándor-Petőfi-Straße in das Zentrum von Balatonfüred einbogen, war mein stärkster Eindruck, besonders nach den aufregenden Ereignissen in Budapest, daß hier absolute Ruhe herrschte. So zumindest mußte es jeder befangene Berichterstatter angesichts der krisenhaften Situation des Landes wahrnehmen. Ich möchte es aber eher so formulieren: Die Ruhe selbst beherrschte alles. Nach der Autokarte waren wir gerade mal 132 Kilometer vom Budapester Tohuwabohu entfernt, aber mir kam es so vor, als wären wir davon zehntausend Meilen getrennt. Merkwürdig, ich hatte vorher nie über so etwas nachgedacht. Vielleicht meinte mein Vorgesetzter Major Frickhelm ja genau das mit seiner spitzen Bemerkung, ich hätte eine schwache Vorstellungskraft.

Hauptmann Wilde, mein Vorgänger, war deshalb abberufen worden, weil er in den letzten Jahren dauernd krank gewesen war. Er litt vor allem unter Herz- und Gefäßbeschwerden, und er hatte die Zentrale selbst darum gebeten, ab Ende des Jahres 1989 vorzeitig verrentet zu werden. Als besondere Anerkennung seiner Leistungen hatte man ihm bewilligt, vor der Rückkehr nach Berlin einen Monat im Herzsanatorium von Füred verbringen zu dürfen.

Die Kur, vor allem Bäder und eine passende Diät, hatte dem Hauptmann offensichtlich gutgetan. Zuletzt hatte ich ihn in Berlin gesehen, und er hatte mit seinen fahlen Wangen und der gekrümmten Haltung wie ein Greis ausgesehen. Nun empfing uns im Foyer des Sanatoriums ein Mann mit gesunder Gesichtsfarbe und geschmeidigen, energischen Bewegungen. Er führte uns zum Hotel Marina, das uns als vorübergehende Unterkunft diente, denn das Bruderorgan konnte die Saisonwohnungen erst ab Ende Mai zur Verfügung stellen. Bönicke und ich brachten unsere Sachen aufs Zimmer und trafen uns dann mit Wilde wieder im Restaurant.

In dem großen Saal gab es nur vereinzelte Gäste, erst später traf noch eine Rentnergruppe aus Österreich ein. Wilde erklärte großzügig, wir seien heute seine Gäste. Ich bestellte eine Bouillon und Leber à la Marschall sowie ein großes Bier. Bönicke sehnte sich nach echt ungarischen Speisen, er wollte Balatoner Fischsuppe und panierten Karpfen. Der Hauptmann hatte schon im Sanatorium gegessen und gab sich mit einem Glas Mineralwasser der Marke »Blaubrunnen« zufrieden. Ohnehin betrachtete er das Mittagessen als Arbeitsbesprechung.

»Wir haben ein sehr konzentriertes Programm, Genossen«, verkündete er und nahm ein Notizbuch aus der Jackentasche. »Morgen sehen wir uns in Füred und Tihany um, am Freitag besuchen wir Aszófő, Zánka, Akali und Révfülöp, am Samstag Badacsony, Tomaj und Szigliget. Am Sonntag ist Pause. Am Montag fahren wir in östliche Richtung, besichtigen Fűzfő, Almádi, Alsóörs und Paloznak. Drei Tage – drei Ausflüge zu wunderbaren Ortschaften bei herrlichem Wetter mit fast sommerlichen Temperaturen, wenn man dem Wetterdienst glauben darf. Aber leider müssen wir uns auf Sicherheitsthemen konzentrieren.«

Gut, daß wir bald zu Hause sind. Nicht nur, weil du fressen mußt, sondern vor allem deshalb, weil ich für die weitere Erzählung mein altes Balaton-Notizbuch brauche. Mein Gedächtnis ist zwar zuverlässig, aber manche Sachen sind so kleinteilig, daß man sie gar nicht auswendig wissen kann. Wie das Gespräch mit dem Genossen Wilde weiterging, das heißt, seine Programmankündigung, weiß ich allerdings noch genau: »Am Mittwoch vormittag möchte ich den Genossen Bönicke über den Funkkontakt mit Budapest, Siófok und Keszthely instruieren, und am Donnerstag vormittag«, nun wandte er sich an mich, »möchte ich mit dir die Übergabe abwickeln. Der Kontaktoffizier des Bruderorgans, Oberstleutnant Szabó, hat sich leider erst für Donnerstag nachmittag angekündigt. Ich müßte euch miteinander bekanntmachen, und das wird ziemlich knapp – mein Flug nach Berlin geht am Abend. In letzter Zeit sind die ungarischen Genossen etwas unzuverlässig, kein Wunder, wenn man die Lage im Lande bedenkt. Vielleicht ist es ja besser, wenn ihr allein mit Szabó redet. Danach gibt es für euch keinen Termin mehr, und ihr könnt das Wochenende bei euren Familien verbringen.«

Wenn ich das alte Balaton-Notizbuch öffne – du kannst deinen Verdauungsschlaf ruhig fortsetzen, Hugo –, finde ich auffällig, daß meine Berliner Aufzeichnungen fehlerlos, lesbar und klar sind, während die Anmerkungen, die ich vor Ort gemacht habe, mich wie Hieroglyphen anstarren. Sehr merkwürdig, ich kann mir kaum einen Reim darauf machen, was in der ersten Woche am Balaton vor sich gegangen ist. Achtung, ich lese dir das jetzt vor. Das ist ungefähr so interessant wie das Telefonbuch, also kaum geeignet, um schlafende Hunde zu wecken:

***Füred-Tihany** Schiffsv. stündlich + westd. Sonderschiffe. – Keszthely – Siófok – 40 For. pro Person. Afort oder Shell – poln. Tour. illeg. Devisenh. Polizei toleriert Bar Annabella, Prostit.? Tscharda Baritschka, Weinkosten*

(Einnahme f. IBUSZ), Stadtzentr. Warenhaus Füred (voll Westwaren), Vertr. Reisebüro (tägl. Kont.!), Küste: Molopresso, Freibad. Allee sowj. Offiziersurl.heim, lt. Wilde ehem. Bischofshaus, angebl. in Bar Prügelei mit ung. Publ. »Reitschule«, Jachthotel, Erstkl. Camping f. 800 Pers. wieviel kost. umger. in unsere Mark? Zeitungskiosk: ND nirgendwo, Bildzt. überall(!) Sommerereign. Annabal, Weinwochen, kult. Fest. Marinashow (striptease?)

***Aszófő** Supermarkt ABC (Westangebot!), Erstkl. Camping (1600 Pers.) Rand des Dorfes: Wildcamp. Kein WC, amtsärztl. Verbot, jedoch keine Kontr. Essen im nomr. Camping, Buffet, Westl. bevorzugt. Woran erkennt man unsere Leute? (Kleider? Sächs. Akz.?) Kirchen, kath. und ev. Gottesd. seit vor. Jahr dt. ausgeschr. Betriebsurl.h. in schlechtem Zst.*

***Zánka** »Pionierrep.« Gibt es noch Pionierverb.? Gemeindestrand (Kabinen) **Akali:** drei Camp. + Strand, ganz schwach am Bahnh. (unsere Lt.) **Révfülöp:** Hotel Welle, poln. Schwarzmr. Kondit. »Ibolya«, nett, solide, ung. Publ. Drei Strandbäder!*

***Badacsony** Ztkiosk: keine ND, Bildzt. »privater« Verk.: Landkarte von »Großungarn« (auch Gebiete der Rum. Soz. Rep. und CSSR) Bergmannurl.heim Tomajd Gemeindestand, kostenl. Unsere Lt. Priv. Gaststätte*

***Szigliget** Esterházy-Schloß, heute Schriftst.heim, Arboretum, kein Einlaß, wegen der Ruhe der Aut. Wilde iron. Bemerk.: Was haben Herren Schriftst. gegen soz. System, sie werden noch nachweinen. Hauptstr.: Wein z. Verk. (in dt.) Ob es noch LPG gibt*

***Fűzfő**, Familienhäuser (wem gehören?) Wilde: der neu-*

en Bourg.) ***Almádi:*** *Hotel Autora, nur dt. Inschr. Tankstelle: Westwähr. wird akz. gar begehrt (man hielt uns für westdt. Ha-ha-ha!) Rest. auf der Landstr. Westw. Wird gefr. (off. und schwa. Kurs) Wilde: Polen vor der Staatsspk (drinnen anst. Leute Schlangen stehen) Zt.kiosk: Budap. Rundsch. Die Presse (ND?) Am Ufer Sommer: Bratfisch, Langosch + Cola (Wilde: DDR-Menü), Wildparklatz (»Trabiland«)* ***Alsóörs,*** *erstkl. Camping (FarbTV, westl. Sender!). Supermarkt. Wilde: Wurst für 3.80 Forint im Volksbewußtsein = Sozialismus), hier nicht zu haben!* ***Paloznak*** *(Wilde: Klein-Sachsen), Wildcamping »Trabantenburg«). Überall in dt. Spr. Zimmer frei!*

Na, habe ich dir zu viel versprochen? Das war mir alles komplett entfallen, was Wunder. Bereits damals habe ich es eher mechanisch aufgeschrieben und dabei über ganz andere Dinge nachgedacht. Wie soll ich es sagen? Plötzlich bekam ich Lust auf ein bißchen Alleinsein. Für Menschen meiner Sorte war das ein großer Luxus, und ich muß im nachhinein zugeben, daß ich auch nur selten den Wunsch danach hatte. Meine Gedanken kreisten üblicherweise um meine Arbeit und die Familie, und für beides war Einsamkeit nicht wirklich notwendig. Über meinen Gesundheitszustand konnte ich mich niemals beklagen, bis heute nicht. Es wäre wunderbar, wenn ich dir ein bißchen Gesundheit abgeben könnte, Hugo!

Damals aber beschäftigten mich Gedanken und Ideen, die ich mit niemandem teilen konnte. Jedesmal, wenn ich das »ungarische Meer«, die hübschen Dörfchen betrachtete, wenn ich die sanften Hügel oder die Ruine der Burg von Szigliget sah, wurde ich ein wenig traurig. Wie ist es möglich, dachte ich, daß man mir diese Landschaft fünfundzwanzig Jahre lang künstlich vorenthalten hat, obwohl ich mindestens so gute Berichte geschrieben hätte wie Hauptmann Wilde? Warum hatte man mich gerade jetzt für die Entsendung vorgesehen, wo doch bereits sicher war, daß Ungarn demnächst in die Kategorie »Nichtsozialistischer Wirtschaftsbereich« fallen würde? Dafür war doch eher die Abteilung Spionageabwehr zuständig.

Und wem konnte ich mein schmerzhaftes Geheimnis der letzten Monate anvertrauen? Nicht nur, daß meine Tochter in einen feindselig gesinnten Burschen verliebt war und die Abwesenheit von Roswitha und mir wahrscheinlich gerade dazu mißbrauchte, mit dem Kerl zu schlafen – ich hatte auch noch über diese Beziehung Bericht erstatten und zu diesem Zweck Tamaras Schubfach öffnen müssen! Wenn dieses Vorgehen nicht von den Interessen des Staates diktiert gewesen wäre und wenn nicht ausgerechnet mein väterlicher Freund Frickhelm diese Aktion von mir gefordert hätte, müßte ich das als reine Niedertracht meinerseits bewerten. Mit wem sollte ich über meine Zweifel und Ängste angesichts der familiären Zukunft reden? Mit wem konnte ich darüber sprechen, ob ich meine Kräfte und meine Lebenszeit richtig eingesetzt hatte, ob ich überhaupt die richtige Laufbahn gewählt hatte? Im Grunde war ich nun mit meinem tschekistischen Gewissen allein.

Leutnant Bönicke hatte ganz andere Sorgen. Ich will gerecht sein, er war ein braver Kämpfer und ist es vielleicht heute noch, aber ich konnte ihn nicht ausstehen. Jede Endzeitstimmung war ihm fremd, und seine ganze Militanz widmete er nun dem Erlernen der ungarischen Sprache, die man zugegebenermaßen ohne ein gewisses Beharrungsvermögen nicht erlernen kann. Bereits in der Vorbereitungsphase hatte er begonnen, ungarisch zu reden, und da unsere Zimmer nebeneinander lagen, wollte er seinen immer reicher werdenden Wortschatz ständig an mir ausprobieren. Wenn er mit seinem furchtbaren deutschen Akzent nur gesagt hätte: »Bringen Sie mir bitte eine Flasche Mineralwasser« oder »Haben Sie einen Touristenführer über den Balaton?«, dann wäre das noch erträglich gewesen. Aber er verstieg sich auch zu Sätzen wie »Ich bin Mitglied der SED« oder »Haben Sie aktuelle Zeitungen aus der DDR?«, was speziell in diesem Sommer einer Selbstenttarnung nahekam. Vor allem aber hatte ich das Gefühl, daß sich seine Wachsamkeit nicht nur auf den Ort und seine Menschen, sondern auch auf mich erstreckte.

Natürlich wußte ich, daß wir eine innere Beobachtung hatten und sogar abgehört wurden. Warum, zum Teufel, hätten wir ausgerechnet von unserem Organ absolutes Vertrauen erwarten sollen? Allgegenwärtige Wachsamkeit war für uns wie ein Naturgesetz, eine heilige Regel. Selbst im Russischkurs an der Hochschule mußten wir den Spruch auswendig lernen und im Chor aufsagen: »Doverjaj no proverjaj«, »Vertraue, aber prüfe nach«. Vertrauen oder Glaube kann auch bedeuten, von den eigenen Augen irregeführt zu werden. Daß auch ich überprüft wurde, fand ich in Ordnung. Trotzdem war es für mich eine Kränkung, daß man diesen zwanzig

Jahre jüngeren und wenig erfahrenen Menschen auf mich angesetzt hatte. Und warum das alles? Nur weil ich in Ungarn geboren bin und eine Sprache kann, die für unsere Vorgesetzten ein Brief mit sieben Siegeln war. Ausgerechnet diese meine besondere Fähigkeit, mit der ich vor Ort unglaublich nützlich sein konnte, galt als Sicherheitsrisiko. Ich tröstete mich damit, daß mein Leben gegenüber Partei und Staatssicherheit ohnehin ein offenes Buch war. Man hätte mich ruhig 24 Stunden täglich observieren können, ohne etwas Neues zu erfahren. Ich habe niemals etwas getan, und nun paß genau auf, Hugo: Ich werde auch in Zukunft nichts tun, was einen Schatten auf meine Offiziersehre werfen könnte.

Trotzdem konnte ich kaum abwarten, daß der Leutnant mit Hauptmann Wilde die Einzelheiten der Nachrichtentechnik besprach. Am Mittwoch vormittag machte ich einen ausgiebigen Spaziergang am Ufer und in der Stadt. Dabei kreisten meine Gedanken nicht um irgendwelche Probleme, sondern um die nächste Zukunft. Ja, dachte ich, im Sommer werde ich alles tun, damit ich jede freie Minute allein verbringen kann. Ich werde im Molopresso Kaffee trinken, Zeitungen oder Bücher lesen und jeden Morgen im See schwimmen. Ich leihe mir ein Fahrrad oder fahre mit dem Auto nach Szigliget und steige auf den Burgberg. Wenn ich erst einmal die Saisonwohnung habe, bringe ich meinen Kassettenrecorder und viele klassische Musikkassetten von zu Hause mit. Ich tue alles, damit die paar Monate, die ich hier sein kann, mir außer nützlichen Arbeitsergebnissen auch Freude und Ruhe bringen. Wer konnte mir das verübeln, nach allem, was ich fünfundzwanzig Jahre lang für die Sicherheit am Balaton getan hatte?

Hauptmann Wilde informierte mich am Donnerstag vormittag eingehend über die Einteilung der Agenten. Die Notizen finden sich ebenfalls in meinem Balatonheft, das ich Ende November aus der Firma mitgebracht habe. Das Schema – wann ich wo mit welchem IM rechnen konnte – ist sehr übersichtlich. Wilde brachte mir bei, wie ich das Einsatztagebuch führen sollte. Falls du neugierig bist, Hugo, was er im einzelnen über die Agenten gesagt hat – das kann ich heute nur noch teilweise rekonstruieren. Das ist doch alles Geschichte und interessiert niemanden mehr. Deshalb lese ich dir jetzt auch die Decknamen so vor, wie sie mir bekanntgeworden sind:

Nr.	*Zt. Einsatz*	*Ort, Einsatz*	*Deckname, Kategorie*
01	*28.05.–16.06.*	*Badacsonyörs, Camping*	*IMB »Joseph«*
09	*16.06.–6.07.*	*Révfülöp, Camping*	*IMS »Kurt Fink« (FDJ)*
13	*08.07.–28.08.*	*die ganze Nordküste*	*OIB »Literat«*
17	*28.05–30.09.*	*Füred, Rest. »Möwe«*	*»Géza« (vom Bruderorg.)*
19	*17.06.–18.08.*	*Almádi, Hotel X.*	*IM-Ehepaar »Lehmann«*
21	*06.07.–28.08.*	*Paloznak, Wildcamping*	*neuer, geeignet. IM nötig*

***Instruktionen** z. Beh. IM »Joseph« = Schwätzer, Wichtigtuer. Inf. Wert = 0. Vergünstigung, max. Kaffee und Erfrischungsgetränke. »Kurt Fink«, arb. aus Überzeugung. Mgl. Prämien: Schiffskarte und Album über Gen. Ernst Thälmann. »Literat« – promin. Journalist mit ung. Sprachkenntnissen. Berichte als besond. streng. vertr. weiterlt. Lit. Qualitäten loben! »Géza«, Kellner mit dt. Sprachk. Begegnungen DDR/BRD im Rest. Vergünstigung: Er möchte Kellner im Berliner Rest. »Budapest« werden. Beim Bruderorg. diesb. Mögl. erfragen. IM-Ehepaar »Lehmann«, aufpassen. Engagement in Ordnung, aber Familienkrise (Dekonsp. Gefahr). Paloznak: IM vom Vorjahr Auftrag abgelehnt. Neuen (möglichst aus Dresden) suchen.*

Das Botschaftsauto für Hauptmann Wilde kam am Donnerstag um drei. Hauptmann Szabó meldete sich bei uns weder am Donnerstag noch am Freitag. Natürlich hatten wir ursprünglich damit gerechnet, spätestens am Freitag wieder nach Berlin fahren zu können – schließlich war Ostern. Roswitha würde mit ihrer Klasse gegen eins am Hauptbahnhof ankommen, und wir hatten geplant, das lange Wochenende miteinander zu verbringen. Meine erste Idee am Freitag nach dem Frühstück war: Klamotten packen und ab nach Hause. Wir funkten nach Budapest »Vertreter des Bruderorgans nicht in Erscheinung getreten« und waren gerade fertig mit Packen, als die knappe Antwort kam: »Vertreter des Bruderorgans bis auf weiteren Befehl abwarten.«

Bönicke wurde stinksauer. Als junger Familienvater hatte er keine Lust, sich, wie er sagte, »wegen diesem ungarischen Schlappschwanz das Wochenende zu versauen«. Ich hingegen freute mich, hatte ich so doch die Möglichkeit, einen ganzen Tag lang oder auch zwei die Sonne und die Gegend zu genießen. Ich beschloß, den Leutnant im Hotel seinem Schicksal zu überlassen und unter dem Vorwand, ich hätte Kopfschmerzen, einen Spaziergang in Füred zu machen. Das gelang mir auch, aber nach dem Mittagessen kam schon die Entwarnung: »Vertreter des Bruderorgans verhindert. Rückkehr hiermit genehmigt.« Wir fuhren sofort los.

Ich war etwas traurig, als ich wieder im Auto neben Leutnant Bönicke saß, der so verrückt fuhr, als sei sein Freitag noch zu retten. Ich winkte dem Plattensee mit den Augen und tröstete mich mit dem Gedanken, daß diese kurze Dienstreise zwecks Übergabe des Operationsgebietes ja nur ein Vorgeschmack gewesen war, nur die Vorbereitung auf den eigentlichen Auftrag. Und Ende Mai würde es für uns hier richtig losgehen, vier Monate am Stück ohne die Möglichkeit der Heimreise. Wir mußten sogar unsere Pässe in der Botschaft abgeben. Wie sehr würde ich die vier Monate genießen! Mit diesem schönen Gedanken schlief ich ein, verpaßte neben dem wachsamen Leutnant die halbe CSSR, den Grenzübergang in die DDR und wurde erst kurz vor Berlin wieder wach. Es war halb zwei in der Nacht, als wir das sowjetische Siegesdenkmal in Treptow erblickten.

Und du, Hugo, winzig, wie du damals noch warst, hast dich gefreut wie verrückt, als ich die Wohnung betrat. Die Treue des Hundes ist doch ein Trost für die Seele. Roswitha war bereits im Bett, wartete aber auf mich. Die Firma hatte angekündigt, daß ich an diesem Abend doch noch eintreffen würde. »Was ist mit Tamara?« war meine erste Frage. »Sie schläft schon längst«, antwortete meine Frau. »Drei Tage lang hat sie mit Tina für das Abitur gepaukt. Nicht einmal ins Kino konnten sie gehen, wie sonst immer samstags.« Na, das muß eine anstrengende Zeit gewesen sein, dachte ich und stellte dann die höfliche Frage: »Und wie war deine Klassenfahrt?« – »Ach, die hat Spaß gemacht. Im Harz auf den Spuren von Heine, der Kollege, der uns geführt hat, war ausgezeichnet. Die Kinder haben sehr gut mitgemacht – unsere Jugend ist gar nicht so desinteressiert, wie immer geredet wird. Und natürlich haben sich alle über Hugo amüsiert.« – »Wie, du hast ihn mitgenommen?« fragte ich erstaunt. »Ja, sicher«, antwortete Roswitha. »Tamara hatte wegen des Abiturs doch keine Zeit, sich um ihn zu kümmern.« Ich legte mich ins Bett und sank in tiefen Schlaf.

Am Dienstag morgen, nach meiner erschöpfenden Berichterstattung über die ungarischen Zustände, sagte Major Frickhelm: »Und nun müssen wir vertrauensvoll noch über etwas anderes sprechen, Josef. Wenn wir unserer gesellschaftlichen Kontaktperson, die an chronischer Schlaflosigkeit leidet, Glauben schenken dürfen, dann hat sich von Freitag auf Samstag etwas ereignet, was offensichtlich zwischen zwei jungen Menschen irgendwann geschehen muß. Aber du kannst völlig beruhigt sein: Den Kerl behalten wir im Auge.«

Spaziergang 4

Wie fange ich am besten an? Zu seinen Freunden soll man ehrlich sein. Andererseits tut die Wahrheit manchmal sehr weh, und darauf könnte ich gut verzichten. Ein Glück, daß man dich nicht belügen kann. Du suchst die Wahrheit nicht – du riechst sie.

Auch auf diese Klinik in Steglitz bist du nicht hereingefallen. Ringsum blitzte alles nur so vor Sauberkeit, was dich gleich dazu brachte, den Schwanz einzuklemmen. Dann das hundgerechte Wartezimmer: ein angefressener Ball, eine zerlumpte Puppe, verschiedene Kauknochen. Du hast an all diesen Kostbarkeiten nur kurz gerochen und bist gleich zu mir zurückgehinkt. Du bist doch nicht zu ködern mit solchen Konsumtricks. Zwar gab es betörende Gerüche im Wartezimmer, doch aus dem Operationssaal stank es nach Karbol und Desinfektionsmitteln. Deshalb hast du gewinselt, als ich dich dort hintrug – zu Recht, mein Lieber, wirklich zu Recht.

Osteosarkom, mit Metastasen. Der Doktor mit der Röntgenaufnahme in der Hand versuchte nicht einmal, uns zu trösten. »Hier hilft nur noch eine Schmerztherapie«, sagte er. Dann verpaßte er dir gleich eine Injektion und schrieb Tabletten auf. Du hast mich fragend angeschaut, und ich sagte: »Knochenkrebs, Hugo.« Und den Arzt fragte ich: »Wie lange hat er noch zu leben?« Er schüttelte den Kopf. »Ich bin kein Prophet, Herr Klempner. Und die Medizin ist zu keinem Wunder fähig. Vielleicht aber die Natur.«

Nun müssen wir dich schonen. Wir machen keine allzu großen Spaziergänge mehr, höchstens bis zur Richard-Sorge-Straße und zurück. Oder bis zur Imbißbude mit dem herzerwärmenden Doppelkorn. Ich erzähle dir all meine Geheimnisse, solange du mir noch zuhören willst.

Als ich nach Ungarn abgeordnet werden sollte, konnte ich mich nur schwer von dir trennen. Damals im Mai warst du nicht mehr das kleine, hilflose Lebewesen wie zu Anfang. Du warst größer, muskulöser und hast dich an richtige Knochen herangemacht. In den Augen hattest du noch ein verspieltes, kindliches Blitzen, aber du warst schon fast erwachsen, ein richtiger Hund, mit dem man sich befreunden kann. Deine Zuneigung galt vor allem mir, und auch ich habe mich immer mehr an dich gewöhnt.

Tamara kam damals nur noch zum Schlafen nach Hause – an den Wochenenden nicht einmal das. Sie berief sich auf Tina, auf das viele Lernen und das anstehende Abitur. Das war nichts als eine unverschämte Lüge, und am liebsten hätte ich ihr jedesmal eine Ohrfeige verpaßt. Auch träumte ich manchmal davon, zu sagen: »Da ist die Tür – verschwinde mit deinem Trotzkisten, wohin du willst.« Aber meine Hände waren durch Frickhelms Instruktionen gebunden.

An der Oberfläche war unsere Beziehung geradezu

ideal. Ich spielte den verständnisvollen, lieben Vater, der auf seine Tochter stolz ist. Ab und zu steckte ich ihr Geld zu, damit sie sich Parfum oder ein paar bessere Klamotten kaufen konnte und sich im Café nicht ständig von diesem Typen aushalten lassen mußte. Vorgeblich hing ich an meiner Tochter mit taktvoller Sorge – nicht einmal wie ein Vater, sondern wie ein liebender großer Bruder oder ein erwachsener Freund. Als Gegenleistung erwartete ich nur ihr Vertrauen.

Tamara war für meine väterliche Toleranz äußerst dankbar. »Papa, du bist der beste Vater der Welt«, sagte sie gelegentlich mit feuchten Augen. Ich wußte immer ganz genau, wann sie zum Grenzübergang Friedrichstraße fuhr, um Juan abzuholen, in welches Café sie gingen, welches Popkonzert oder welche Fete sie besuchten, wen sie alles kennenlernten und worüber gesprochen wurde. Unsere Gespräche tangierten niemals Intimitäten des Paares. Wichtig war ohnehin, daß sie mir ohne Druck, aus eigenem Antrieb erzählte, was sie für notwendig hielt.

So beschwerte sie sich darüber, daß man Juan am Grenzübergang Friedrichstraße manchmal anderthalb Stunden lang warten ließ oder ihn aus der Schlange herausfischte und seine Sachen kontrollierte. Auch wurde dort ständig wegen ihm telefoniert. Schließlich ließ man ihn passieren, aber Tamara glaubte sicher zu wissen, daß man ihn zu Fuß oder vom Auto aus beschattete. Juan hatte sogar die Kennzeichen von zwei Wartburgs notiert. Bei einer anderen Gelegenheit hatte sie Erfreulicheres mitzuteilen, zum Beispiel von einem Ausflug mit Freunden nach Mecklenburg. Zu diesem Anlaß hatte

Juan ein dreitägiges Einreisevisum beantragt, das ihm die Behörden der DDR auch bewilligten. Kalle und Bodo hatten mehrere glückliche Momente der gemeinsamen Fahrt mit einem Fotoapparat festgehalten, den Juan von drüben mitgebracht hatte. Als Zeichen für ihre Zuneigung schenkte sie mir ein besonders gut gelungenes Farbfoto: Auf einer Wiese am Waldrand saßen zehn Jugendliche, in der Mitte meine Tochter, Arm in Arm mit Juan, ein glückliches Lächeln im Gesicht. Tamara erklärte mir stolz, wer auf dem Bild alles zu sehen war.

Am nächsten Vormittag lag dieses Foto auf dem Schreibtisch des Majors Frickhelm, ebenso wie alle Berichte, die ich seit November 1988 an die Firma geliefert hatte. Gustav versicherte mir erneut, das Ganze sei eine reine Formalität. Falls dieser Jüngling früher oder später aufflog, sollten wir sauber vor der Untersuchungsabteilung dastehen. Niemand würde uns, der Balaton-Brigade, nachsagen können, wir seien nicht wachsam genug gewesen. In Lichtenberg sollte auch keiner denken, Hauptmann Klempner sei ein Sicherheitsrisiko. Das Material lag bei uns im Safe, und sobald das Problem aus der Welt war, würde Frickhelm selbst die Akte mit in die Normannenstraße nehmen und sie mit Hilfe des riesengroßen Aktenvernichters »Intimus« dem Vergessen preisgeben.

Dennoch sträubte ich mich und versuchte zu protestieren. Doch Frickhelm war gleichzeitig verständnisvoll und unerbittlich. Er sah ein, daß es für mich als Vater schrecklich war, diese Berichte zu schreiben, wozu ich, wie er sagte, eine positive Moral und tschekistische

Charakterstärke brauchte. Gleichzeitig argumentierte er, daß es jetzt einfach unlogisch wäre, mit der angefangenen Informationssammlung aufzuhören. Jedenfalls willigte er ein, daß im Operativen Vorgang mit der Bezeichnung »Venceremos« Tamara als »Muchacha«, Juan als »Muchacho« und ich selbst nur als »El Padre« vorkommen sollte.

Die häufige Abwesenheit Tamaras brachte Korrosionserscheinungen für unsere Familie mit sich. Abends war ich mit Roswitha allein, was früher nur ganz selten vorgekommen war. Sie bereitete das Essen zu, wir aßen wortlos, um dann ein paar Minuten vor halb acht unseren Platz vor dem Fernsehgerät einzunehmen und die Aktuelle Kamera zu gucken. Die Tagesschau schalteten wir niemals ein – das lehnten wir mit Entschiedenheit ab und hatten auch Tamara in diesem Geiste erzogen. Aber heute kann ich ruhig offen zugeben, daß das Fernsehprogramm unserer Republik viel zu wünschen übrig ließ. Aus den Nachrichten gewann man den Eindruck, daß alles in bester Ordnung war – die Produktion ging ihren sozialistischen Gang, und die Leute demonstrierten Zufriedenheit. Auch die Reportagen und Spielfilme zeigten einen harmonischen, werktätigen Alltag. Die Sendezeit schien dieser Idylle angepaßt zu sein: An Wochentagen herrschte auf beiden Kanälen spätestens um elf Uhr abends absolute Ruhe. Das, was am nächsten Tag bei der Firma an Informationen einlief, sprach allerdings eine völlig gegenteilige Sprache und hatte mit Harmonie der Werktätigen wenig zu tun.

Am schwierigsten war die Stunde zwischen Sendeschluß und Nachtruhe. Einer von uns ging noch kurz mit dir hinaus, dann bereiteten wir uns auf das Schlafengehen vor. Zuerst belegte meine Frau das Bad, wusch sich und putzte die Zähne, dann folgte ich, während sie das Doppelbett herrichtete, sorgfältig den Wecker aufzog, ihr Schlafmittel einnahm und mit einem Buch oder einer Zeitschrift ins Bett ging. Ich ließ mir bei meinen Verrichtungen viel Zeit und fand immer einen Grund, noch in der Schublade meines Schreibtischs herumzukramen. Schließlich stieg auch ich ins Bett, und Roswitha, die nur auf diesen Augenblick gewartet hatte, schaltete sofort die Leselampe aus.

Wir lagen stumm nebeneinander, jeder in seine Decke gewickelt, und paßten auf, daß wir nicht zufällig mit dem Körper des anderen in Berührung kamen. Das ging seit Jahren so, aber die Ablösung unserer Tochter aus dem Familienleben ließ dieses Miteinander noch kälter und öder erscheinen. Ohne Tamara waren wir uns völlig fremd. Roswitha zuckte bei jedem Geräusch aus dem Treppenhaus zusammen, manchmal stützte sie sich auf den Ellbogen und lauschte dem Quietschen des Schlüssels im Schloß. Bevor nicht Tamara vorsichtig und weich die Tür des Kinderzimmers hinter sich zugemacht hatte, konnte Roswitha nicht einschlafen. Und an den Wochenenden, wenn mit Tamara nicht zu rechnen war, schlief sie sehr unruhig.

So verging der April.

Roswithas stille Unlust ging plötzlich in eine aggressive Hysterie über. Sie ergriff jede Gelegenheit, mich zur Ordnung zu rufen. Warum hatte ich immer noch nicht den Handwerker angerufen, damit er die kaputte

Jalousie reparierte? Wann würde ich endlich mit dem Trabant zur technischen Überprüfung fahren? Ob ich bitte so nett sein könnte, die ausgebliebene Zahlung meiner Gehaltserhöhung bei der Firma zu reklamieren? Wie wäre es, wenn ich mir die Mühe machte, nur ein einziges Mal selbst in der Kaufhalle einzukaufen? Wie lange wollte ich noch mit dem Telefongespräch warten, um mit dem Genossen von der medizinischen Fakultät die Aufnahmechancen unserer Tochter zu besprechen? Und so weiter und so fort, jeden Tag malträtierte sie mich mit einem neuen Thema.

Je näher das Datum meiner Abreise kam, desto häufiger lag sie mir wegen Tamara in den Ohren. Was sei ich bloß für ein Mann, der sich nicht traue, mit einer knapp achtzehnjährigen Rotzgöre Tacheles zu reden? Nach mir die Sintflut, das sei doch meine Devise, und mir sei der Zerfall der Familie offensichtlich scheißegal. Ich würde bald meine Klamotten packen und abhauen, sie könne sich dann mit dem ganzen Schlamassel befassen. Und was, wenn dieser ungewaschene Abenteurer Tamara schwängerte? Wenn sie durchs Abitur fiele, die Aufnahme an der Uni verpaßte, wenn, wenn, wenn ... Und wenn ich ein Mann wäre, dann hätte ich bei Frickhelm ordentlich Rabatz gemacht, bis man diesen Neger für alle Zeiten an der Grenze unserer Republik zurückschickte, zurück in sein schönes Westberlin.

Diese Vorhaltungen brachte sie mit heiserer Stimme und in jammerndem Tonfall vor, der bittere Klang des herannahenden Alters. Ihr mehrfacher und wenig schmeichelhafter Verweis auf meine unzureichende Männlichkeit war meiner Aufmerksamkeit keineswegs entgangen. Unter normalen Bedingungen hätte ich es ihr ordentlich gegeben. Ich hätte ihr beispielsweise gesagt, auch im Eheleben könne das Geschäft nur auf Gegenseitigkeit laufen – das sei wie Aktion und Reaktion in der Chemie. Eine kalte, ablehnende Haltung führt nach einer Weile – auf jeden Fall nach mehreren Jahren – dazu, daß eben keiner mehr Lust habe, die Initiative zu ergreifen. Normalerweise hätte ich ihr dies alles sagen können, aber nun mußte ich jedes Wort gründlich abwägen, denn hier ging es nicht um rein private, sondern auch um öffentliche Interessen.

Als Schulleiterin pflegte Roswitha offiziell enge Beziehungen zur Firma. Zweimal wöchentlich suchte sie der Kontaktoffizier auf, um sie über die moralische und politische Situation des Lehrkörpers und der Klassenkollektive zu befragen. Am Vorabend dieser Begegnungen hielt sie oft, während wir vor dem Fernseher saßen, Stift und Papier in der Hand und notierte sich alles, was ihr einfiel. Ab und zu besprach sie ein Problem mit mir. Konnte man zum Beispiel dem Schüler X glauben, wenn er meldete, der Lehrer Y begeistere sich allzusehr für Westliteratur? Oder durfte man es dem Kollegen Z abnehmen, wenn er behauptete, in seiner Klasse seien es lediglich fünf Schüler, die ausschließlich Westfernsehen schauten? Wie konnte man überhaupt Spreu vom Weizen, die falsche, vielleicht böswillige Behauptung von der wahren und operativ wichtigen Information trennen?

Ebenso jedoch, wie sie mir nie den Namen des Kontaktoffiziers oder der Informanten mitteilte, konnte ich mit ihr nicht konkret über solche Themen reden. Auch jetzt mußte ich in meiner großen Bedrängnis so argumentieren, daß ich dabei nur ein Minimum an Informationen preisgab. »Versteh doch, Roswitha«, begann ich, »es gibt nicht immer eine einfache Lösung, auch wenn sie auf den ersten Blick naheliegend scheint. Es kommt zum Beispiel vor, daß eine Person eindeutig gegen bestimmte Gesetze verstößt. Trotzdem kann es höhere Erwägungen geben, die es nicht sinnvoll erscheinen lassen, gegen die Person vorzugehen. Es kann im Sicherheitsinteresse liegen, daß sich eine unerwünschte Person auf einem gegebenen Operationsgebiet für ein Weilchen frei bewegt. Man kann sie dann observieren und so vielleicht noch viel ernsthaftere Tatbestände aufdecken. Mehr kann ich dazu leider nicht sagen.« Ich war verdammt stolz auf mich, das Wesentliche in so geschickten abstrakten Sätzen untergebracht zu haben.

»Mehr kannst du nicht sagen?« konterte Roswitha spöttisch. »Dann sage ich dir etwas. Nicht nur, daß Tamara mit diesem Trotzkienkel unter einer Decke steckt und durch ihn Mitglied einer konterrevolutionären Studentengruppe wurde – sie zerbricht sich außerdem den Kopf darüber, wie sie im geeigneten Augenblick Republikflucht begehen kann. Wohlgemerkt über Ungarn!« Sie blies sich eine Haarsträhne aus der verschwitzten Stirn, zog die Augenbrauen hoch, sah mich herausfordernd an und setzte fort: »Schöne Scheiße, nicht wahr? Deine werten Kollegen sollten statt ihrer schäbigen Geheimnisse lieber endlich unsere Republik schützen. Denn bald kann es zu spät sein!«

Nach dieser verblüffenden Äußerung einigten wir uns auf das weitere Vorgehen. Am nächsten Tag sprach ich mit Frickhelm. Ich erzählte ihm, was ich von Roswitha gehört hatte, und bat ihn, alles zu tun, um unter die Affäre Guittérez möglichst bald einen Schlußstrich zu ziehen. Dies sei auch eine dringende Voraussetzung, damit ich am Balaton ungestört arbeiten könne. Frickhelm versprach mir alles, was ich hören wollte.

Am Sonntag vor meiner Abreise gingen wir zum Abschied mittags ins Restaurant Moskwa essen. Wir bestellten Schtschi, Schweinefilet und Buchweizengrütze. Zum Nachtisch aßen wir, der Saison entsprechend, russisches Fruchteis. Allerdings wollte Tamara wegen ihrer üblichen Abiturvorbereitungen auf den Eisgenuß verzichten. Roswitha nahm diese Mitteilung mit einer matten Handbewegung zur Kenntnis, und unsere Tochter verließ das Lokal mit beschwingten Schritten.

Damals ahnte ich noch nicht, daß dies für lange Zeit unsere letzte Begegnung zu dritt gewesen sein sollte.

Am Freitag, dem 26. Mai kamen wir gegen Mitternacht in Balatonfüred an. Die beiden Saisonwohnungen für uns befanden sich im ersten Stock eines Dienstleistungskombinats. Hier gab es insgesamt fünf kleine Wohneinheiten, von denen drei leerstanden – sie wurden für Beauftragte der Firmen Cooptourist und Expressz sowie des Reisebüros der DDR vorgehalten. Meine Residenz lag direkt neben dem Treppenhaus, während das Quartier des Leutnants Bönicke sich am anderen Ende des engen, kurzen Korridors befand. Über meiner Tür leuchtete als einzige Lichtquelle eine schwache Neonröhre. So konnte ich nie das Ende des Korridors sehen, während Bönicke, wenn er seine Bude verließ, direkt auf meinen Eingang blicken konnte. Diesen Umstand registrierte ich gleich bei unserer Ankunft, maß ihm jedoch keine Bedeutung bei.

Die Räumlichkeiten hatten wir von der Kommandantur des Bruderorgans im Komitat Veszprém gemietet. Kurz vor unserer Ankunft waren die Wände frisch getüncht worden, und es stank nach Farbe. Die Flekken und Risse an den Wänden zeugten jedoch davon, daß die ungarischen Genossen hier schon lange nicht mehr gründlich renoviert hatten. Gleich nachdem ich die Wohnung betreten und meine beiden Koffer im Vorraum abgestellt hatte, ging ich zum Fenster und öffnete es. Es war eine lauwarme, leise Nacht, Füred lag in tiefem Schlaf. Ich blieb noch lange auf und stand am Fenster. Langsam erfüllte mich das wundervolle, leichte Gefühl, daß ich nun am Balaton war. Ich hatte erreicht, wonach ich mich fünfundzwanzig Jahre lang vergeblich gesehnt hatte.

Die Einrichtung der Wohnung bestand aus einem schauderhaften Sammelsurium von beliebig zusammengetragenen Gegenständen und war von unserer Seite bereitgestellt worden. Als ich mich umschaute, stellte ich fest, daß hier Sparsamkeit die oberste Prämisse gewesen war. Die beiden schmalen Bettgestelle aus Aluminiumrohr, die ausgerechnet an den Schmalseiten zusammengeschoben worden waren, hatte man mit Blechplaketten versehen. Darauf war vermerkt, daß die Pritschen zum Fundus des Verteidigungsministeriums gehörten. Die beiden Lehnstühle jedoch, die in einem bedenklichen Zustand waren, stammten vom Auswärtigen Amt. Die

Bücherregale hatten früher dem DDR-Kulturzentrum in Budapest gehört. Das Gastland selbst war durch einen Videoton-Fernseher auf der Kommode zwischen den beiden Fenstern sowie durch ein Radio Marke Orion vertreten.

Die Ausstattung der Küchennische bestand aus ebenso zusammengewürfelten Gegenständen. Gläser, Tassen, Teller und Bestecke in verschiedenen Größen, Formen und Farben, einige angeschlagene Töpfe, ein Nudelsieb, zwei Kaffee- oder Teekannen ohne Deckel – alles zeugte vom Geschmack der frühen siebziger Jahre. Dazu kamen einige dreckige Putzlappen und löcherige Geschirrtücher. Der alte Gasherd paßte ebenso ins Bild wie der vibrierende Kühlschrank Lehel, der zwar völlig leer, aber zu meinen Ehren eingeschaltet war. Mal murmelte er im Takt, mal ließ er ein bitteres Stöhnen vernehmen wie ein kranker alter Bär.

Das Badezimmer hatte einen schiefen Fußboden und war fast vollständig von der Badewanne ausgefüllt, die auf Metallbeinen stand. Es blieb gerade noch Platz für ein Waschbecken, dessen Armatur samt Duschkopf man in Richtung der Wanne drehen mußte, wenn man Badewasser einlassen wollte. Außer dem Kühlschrank gab es noch einen anderen lautstarken Gegenstand in der Wohnung: das WC-Becken mit dem Kunststoffsitz. Der Siphon war kaputt, und das Wasser floß ständig. Fast neu hingegen war der Toilettenspiegel aus DDR-Produktion über dem Waschbecken, den bestimmt mein Vorgänger, der Hauptmann Wilde, hier angebracht hatte. Außerdem hatte er mir noch einige Rotbart-Rasierklingen sowie einen Rasierpinsel hinterlassen.

Ich zog mich aus, um schlafen zu gehen, und mußte mich nun zwischen den beiden Betten entscheiden. Zuerst wollte ich das neben dem Fenster belegen, dann entschied ich mich doch für das andere an der Wand, da es dort eine Leselampe gab. Auch das Telefon aus weißem Bakelit stand auf dieser Seite, und später wuchteten wir noch den Safe dorthin, den uns das ungarische Organ zur Verfügung stellte. Während ich aus dem Schrank frische Bettwäsche nahm, dachte ich darüber nach, warum diese zwei Betten nicht nebeneinander, sondern Kopf an Kopf standen. Aber immerhin hatte man uns zwei zugestanden, also die Möglichkeit einbezogen, daß der Mensch auch Familienangehörige haben kann. Später, bereits im Bett liegend, freute ich mich darüber, daß ich diese Wohnung ganz für mich hatte, wie ein Junggeselle. Zum ersten Mal in meinem Leben durfte ich allein wohnen.

Vor dem Einschlafen stieg ich noch einmal aus dem Bett, denn mir ging das ständige Plätschern des Wassers im Bad auf die Nerven, während ich das freundliche Brummen des Kühlschranks überhaupt nicht als störend empfand. Ich nahm den Deckel des Behälters ab und hob den Schwimmer etwas an, bis die Wasserzufuhr zum Stillstand kam. Dann krempelte ich den rechten Ärmel hoch und langte in den Spülkasten hinein, um den Dichtungsring am Boden wieder fester anzudrücken. Nun hörte das nervtötende Rinnen auf. Ich bin doch ein Handwerkersohn, dachte ich stolz. Dann wusch ich mir die Hände, drehte an der Wohnungstür zweimal den Schlüssel herum und sah plötzlich in Augenhöhe das Guckloch in der Tür.

Erinnerst du dich? Auch du hattest Geheimnisse, als du noch ein ganz junger Hund warst. Zuerst hast du Knochen und andere Futterreste in verschiedenen Ecken der Wohnung versteckt, als hättest du die Befürchtung, jemand wolle dir diese Leckereien wegfressen. Aber wir haben sie doch gefunden, weil sie zu stinken begannen. Später hast du alle möglichen Gegenstände geklaut, und wir konnten sie manchmal kaum wiederfinden. So suchten wir einen getragenen Schlüpfer von Roswitha lange erfolglos, bis wir ihn beim Frühjahrsputz hinter dem Kleiderschrank entdeckten. Abgelegte Socken fanden ebenfalls dein besonderes Wohlgefallen, und wir trafen sie an den absurdesten Stellen wieder. Dir gefiel aber auch das Etui von Tamaras Sonnenbrille oder mein Anspitzer, und meist wolltest du die versteckten Gegenstände nicht wieder hergeben. Manchmal aber warst du selbst abgetaucht, und wir riefen vergeblich nach dir. Dann kamst du endlich mit zufrieden wedelndem Schwanz wieder unter dem Sofa hervor, wie jemand, der einen besonders gelungenen Scherz gemacht hat.

Ich will deine Heimlichkeiten gar nicht geringschätzen, im Gegenteil: Ich finde es schmeichelhaft, daß man uns Menschen von der Staatssicherheit manchmal mit euch verglichen und »Spürhunde« genannt hat. Dennoch muß ich anmerken, daß unsere Geheimnisse tiefer waren als eure, und es fiel schwerer, sie zu bewahren. Das Hauptgeheimnis des Geheimpolizisten besteht darin, daß er Geheimpolizist ist. Das mag wie eine Tautologie klingen, aber es steckt doch noch etwas mehr darin. Damit ein Geheimpolizist während des Einsatzes in feindlicher Umgebung er selbst bleiben kann, muß er so tun, als wäre er jemand anderes, sonst gibt er sein Geheimnis preis. Das Geheimnis ist jedoch ein moralisches Kapital, das man nicht verschwenden darf – es dient ja dazu, andere Geheimnisse aufzudecken. Je besser ich mich selbst und mein Geheimnis tarne, um so erfolgreicher komme ich an die ängstlich gehüteten Geheimnisse anderer Menschen heran.

In Balatonfüred zum Beispiel galt ich als der Fremdenverkehrsexperte Dr. Helmut Schwabe. Ich spielte diesen Menschen nicht wie der Schauspieler, der vor sieben Uhr abends Meier ist, von sieben bis zehn Othello, dann schminkt er sich ab und ist wieder Meier. Nein, Hugo, so etwas gibt es bei uns nicht. Ich mußte einen ganzen Sommer lang täglich vierundzwanzig Stunden Dr. Schwabe sein. Das bedeutete vor allem, daß ich unmöglich gleichzeitig Josef Klempner sein konnte. Wenn ich mich irgendwo vorstellte, dann durfte mir nicht einmal zufällig mein richtiger Name einfallen. Diesen Fehler mußte ich von vornherein ausschließen, verstehst du? Wenn das Telefon klingelte, mußte ich jedesmal völlig natürlich sagen: »Hier Dr. Schwabe.«

Zum Namen gehörte eine Legende. Schwabe war da und da geboren, hatte die und die Ausbildung absolviert, hatte sich da und da Meriten im Fremdenverkehr erworben, zum Beispiel in Prag. Was geschieht aber, wenn er dies während der Verhandlung mit einer ungarischen Tourismusfirma erzählt und der Direktor freudig ausruft: »Ha, Kollege! Wann waren Sie dort? Zwischen 1983 und 1986 habe ich das Prager Büro des IBUSZ geleitet!« Da mußte man schon etwas Passendes sagen, zum Beispiel: »Na klar, das kenne ich, das ist doch gleich neben dem Wenzelsplatz! Wir beide haben sogar mal bei einem Empfang mit Tokajer angestoßen! Ahoj! Nazdrave!« Egal was wir sagen, es darf nicht herauskommen, daß wir noch nie einen Fuß nach Prag gesetzt haben. Anschließend können wir beruhigt das Thema wechseln.

Meine spezielle Schwierigkeit in Füred ergab sich daraus, daß Ungarisch für Josef Klempner die Muttersprache war, während Dr. Schwabe nur einzelne Ausdrücke kannte, zum Beispiel »egészségére«, und dies auch nur mit starkem deutschem Akzent. Statt »auf Ihre Gesundheit« sagte er zu den Ungarn »auf Ihren ganzen Arsch«, was regelmäßig Heiterkeit hervorrief. Klempner hingegen verstand im ungarischen Umfeld jedes Wort und jede Nuance – dies durfte jedoch im Gesicht des Dr. Schwabe in keinem Fall zu sehen sein. Außerdem hatte Dr. Schwabe nicht eines, sondern drei Kinder: Oliver, Felix und Cordula. Genauer gesagt, in der Reihenfolge ihrer Geburt: Cordula, Felix und Oliver. Fotos der Kinder zeigte er gerne herum. Er wohnte nicht im Friedrichshain, sondern in Pankow. Die Gattin hieß auch nicht Roswitha, sondern Edeltraud. Und er konnte nicht einmal gegenüber den größten Hundeliebhabern Ungarns eingestehen, daß er zu Hause den süßesten Dackel der Welt hatte. Mehr noch: Er mußte überall erzählen, er sei ein passionierter Katzenliebhaber.

Da kannst du mal sehen, Hugo, wie kompliziert unser Beruf sein kann.

Am Samstag früh kauften wir Lebensmittel und Getränke ein und schafften sie nach Hause. Dann besichtigten wir unseren »Arbeitsplatz« im Erdgeschoß des Dienstleistungskombinats mit dem Schild an der Tür: »Koordinationsbüro der DDR für den Fremdenverkehr«. Mittags aßen wir im Restaurant Fischgarten. Leutnant Bönicke machte Siesta, ich saß am Ufer des Balaton auf einer Bank und ließ mein Gesicht von den angenehm warmen Sonnenstrahlen bescheinen. Am Sonntag machte ich eine Fußwanderung nach Tihany, von dort aus zurück nach Füred und trieb mich bis spät in der Nacht draußen herum.

Ich war in einem Gefühlsrausch wie im Frühling, als ich zum ersten Mal diese Ortschaft erblickt hatte. Damals wähnte ich mich tausend Meilen weit entfernt vom Budapester Chaos, und jetzt fühlte ich mich immun gegen die Berliner Ordnung, als sei ich von meinen amtlichen und familiären Verpflichtungen suspendiert, von meinem ganzen bisherigen Leben befreit.

Du weißt, daß ich abstraktes Herumphilosophieren noch nie leiden konnte, das ist so eine Macke der Intellektuellen. Und jetzt spürte man plötzlich mit fünfundfünfzig Jahren, als man kaum wußte, was einen erwartete, daß man über etwas nachdenken mußte. Selbstverständlich nicht darüber, ob ich auf der richtigen Seite stand und stehe, das war für mich nie eine Frage. Aber ob man auch anders leben konnte. Nehmen wir an, meine Familie wird aus Ungarn nicht vertrieben. Ich übernehme das Handwerk meines Vaters, heirate die blonde Klárika. Du weißt, die kleine Friseuse, die mich auf dem Schwabenball 1962 bei der Damenwahl aufgefordert hatte. Oder meinetwegen die braune Teca, die jüngere Schwester meines Kumpels Anti Balogh.

Ich glaube nicht, daß ich einen Korb bekommen hätte. Nach einiger Zeit hätten wir ein Haus gebaut, und ich hätte gut verdient, denn ein Klempner wird immer gebraucht. Dann wären unsere Kinder größer geworden, und ich hätte jeden Mai oder Juni mit Klárika oder Teca hier in Füred verbracht. Wir hätten viele lange Spaziergänge gemacht und die frische Seeluft genossen. Warum denn nicht? Unserer Sache kann man nicht nur als Geheimpolizist dienen, sondern auch als Klempner. Keine unangenehme Vorstellung.

Am Sonntag gegen Mitternacht, ich war schon fast im Bett, klopfte Leutnant Bönicke bei mir an. Er übergab mir ein Telex aus der Zentrale: »Wichtig und dringend! Bitte morgen früh im Polizeipräsidium Balatonfüred melden.« Na, dachte ich, der Urlaub ist zu Ende.

Im Büro des abwesenden Polizeipräsidenten empfing uns ein junger Leutnant. Er stellte sich kurz vor und sagte in vollendetem, fast völlig akzentfreiem Deutsch: »Genosse Oberst Farkas läßt den Genossen seine tschekistischen Kampfesgrüße überbringen. Wir haben hier ein Ehepaar aus einer Zwickauer Reisegruppe. Sie hatten die Republikflucht geplant, und einer von Ihren Inoffiziellen Mitarbeitern hat in ihrem Hotelzimmer eintausendfünfhundert Westmark und zwei westdeutsche Reisepässe gefunden. Der Tatbestand ist sonnenklar.

Genosse Oberst Farkas läßt ausrichten, daß er sich mit einem Bein in der Rente befindet. Dieser Vorgang ist sein letzter Dienst im Rahmen der Waffenbrüderschaft. Er ist der Auffassung, daß dies möglicherweise seine letzte Auslieferung sein wird.« Der junge Mann räusperte sich und ergänzte: »Ich betone, werte Genossen, daß es sich dabei um die Worte des Genossen Oberst Farkas handelt. Was mich angeht, so ist mir der Vorgang als solcher eher egal. Ich bin kein Tschekist – ich bin ein stinknormaler Bulle. Ich brauche Ihre Flüchtlinge wie einen Pickel am Hintern. Nebenbei gesagt, sind sie nach unseren Gesetzen unschuldig, und ihren westdeutschen Paß müssen wir akzeptieren. Nicht einmal ein Devisenvergehen können wir ihnen anhängen. Westdeutsche Staatsbürger haben westdeutsches Geld – was denn sonst? Langer Rede kurzer Sinn: Die Entscheidung liegt bei Ihnen. Wenn Sie wollen, lasse ich die beiden sofort laufen. Wenn nicht, unterschreiben wir ein Protokoll und übergeben sie der Grenzwache.«

Sympathisch waren die beiden ganz bestimmt nicht, soviel war klar. Ich hatte fast ein wenig Mitleid mit ihnen, weil sie so dämlich daherredeten. Sie waren verschwitzt und unausgeschlafen und versuchten sich die Verantwortung für den Vorgang gegenseitig in die Schuhe zu schieben. Besonders verblüfft war ich darüber, daß sie ihre beiden Kinder, zwei Jungen im Alter von drei und fünf, einfach bei den Großeltern zurückgelassen hatten. »Wie konnten Sie bloß so etwas machen?« fragte ich. Die Frau begann immerhin zu weinen, aber der Mann zuckte mit den Achseln: »Wir dachten, die Bumsreplik kooft se schon frei.« Für mich war die Sache klar, das waren gewissenlose, unverantwortliche Menschen. Sie hatten ihr Schicksal verdient.

Sie haben nichts anderes verdient, beschwichtigte ich mich, als das Ehepaar in getrennte Zellen abgeführt wurde. Wir saßen im Verhandlungsraum, den der Polizeipräsident uns zur Verfügung gestellt hatte. Rechtlich und moralisch hatten sie Strafe verdient. Wenn ich jetzt entscheide, daß sie bestraft werden sollen, unterschreibe ich das Protokoll. Der ungarische Kontaktoffizier befördert sie morgen zum Flughafen Ferihegy. Dort stempelt die Grenzbehörde die Ausweisung in die Pässe. Die Zwickauer fliegen mit der normalen Interflug-Linienmaschine, aber zwischen ihnen sitzt unser Sicherheitsbeamte. Es liegt in ihrem ureigensten Interesse, unterwegs keine Störung zu verursachen und jeden Versuch zu unterlassen, mit den anderen Reisenden Kontakt aufzunehmen. Anderthalb Stunden später landen sie in Schönefeld. Ein Gefangenenauto oder ein als zivil getarnter PKW wartet auf sie. Der Mann verbringt die Nacht in der Untersuchungshaftanstalt Hohenschönhausen, die Frau schläft im Frauengefängnis Köpenick.

Diese Prozedur war seit Jahrzehnten Routine und in zwischenstaatlichen Verträgen festgelegt. Ich wußte von Amts wegen gut darüber Bescheid. Laut Statistik unserer Abteilung lieferten uns die Bruderländer jährlich rund tausend Flüchtlinge aus – 1988 waren es sogar 1083. Es gab Sommer, in denen wir ab und zu ein Sonderflugzeug nach Budapest schicken mußten. Ja, das alles wußte ich genau und fand es in Ordnung. Aber jetzt hatte ich zum ersten Mal solche Straftäter zu Gesicht bekommen.

Etwas nagte an mir: Dieses Ehepaar hatte zweifellos die Gesetze verletzt, und auf Gesetze war schließlich jeder zivilisierte Staat dringend angewiesen, sonst wäre ja das reine Chaos ausgebrochen. Aber die beiden kleinen Söhne dieser Delinquenten waren rechtlich und moralisch unschuldig. Ich hätte gern gewußt, wie man diese beiden so bestrafen konnte, daß ihre Kinder nicht zu Leidtragenden wurden. Die Erwachsenen hatten für sich selbst eine Entscheidung getroffen. Bewußt hatten sie sechs oder acht Monate Gefängnis riskiert. Der Rechtsanwalt Vogel würde sicherlich mit den westdeutschen Behörden verhandeln, und für die Flüchtlinge würde ein Kopfgeld gezahlt, das unsere Staatskasse füllte. Dann würden sie vorzeitig entlassen und nach Westdeutschland abgeschoben. Was aber für Erwachsene eine vorübergehende Unannehmlichkeit ist, bedeutet für ein drei- oder fünfjähriges Kind eine Tragödie. Diese Tragödie leitete ich ein, indem ich das Protokoll unterzeichnete.

Es war, als hätte sich ein schwerer Nebel auf mein Hirn gelegt. Ich konnte kaum den Kugelschreiber halten, aus dem die Farbe geschwunden zu sein schien. Ich hauchte den Stift an und setzte noch einmal zur Unterschrift an, diesmal erfolgreich. Allerdings begann mich nun die Aufmerksamkeit im Stich zu lassen – ich hätte beinahe mit meinem richtigen Namen unterschrieben. Ich kam aber nur bis zum »Kl«, dann strich ich die Buchstaben durch und setzte gequält den Legendennamen dahinter: »Dr. Schwabe.« Außerdem fragte ich mich, was wohl der junge ungarische Polizist über meine Lage dachte.

Leutnant Bönicke schien von der ganzen Angelegenheit nicht viel mitzubekommen. Er stand auf und trommelte leicht gegen die Fensterscheiben des Büros. Er war sichtlich ungeduldig.

Abgesehen von diesem einen Fall verbrachte ich den Juni und die erste Julihälfte nur mit leichten Routinearbeiten. Zusammen mit Bönicke besuchte ich das gesamte Operationsgebiet. Die meisten Agenten befanden sich noch in der DDR, aber wir machten erste Bekanntschaften. Wir sprachen mit Komitatsführern, Fachleuten des Fremdenverkehrs, Hoteldirektoren, gelegentlich mit Tankwarten und Kellnern. Oft hatte ich Lust, mit ihnen ungarisch zu sprechen, aber die Instruktion untersagte mir strikt den Gebrauch meiner zweiten Muttersprache. Die Firma setzte mehr Hoffnung auf zufällig erlauschte Gesprächsfetzen als auf direkte Informationen.

Dabei waren die Ungarn recht mitteilsam, manchmal sogar anstrengend wortreich. Eine knappe, klare Information mit wenigen Worten kannten sie gar nicht. Während eines gemeinsamen Abendessens fragte ich zum Beispiel – per Dolmetscher – einen Vorsitzenden des Rates der Gemeinde nach seinen zukünftigen Investitionen. Als Antwort hielt er mir einen Vortrag über das Schicksal der kleinen Nationen. Ich erfuhr eine Menge über den Tatarenfeldzug, die Türkenherrschaft und das Scheitern der Wirtschaftsreform der späten sechziger Jahre – auch habe er selbst schon zu einem Zeitpunkt für westliche Joint ventures plädiert, als dies noch gefährlich gewesen sei. Er habe daraufhin große Schwierigkeiten mit dem Parteisekretär bekommen, der im übrigen heute unter dem Namen seiner Frau eine Boutique für Damenkonfektion mitten im Ort betreibe. Sprach ich dann mit dem Parteisekretär, so hörte ich viel Tragisches über die Schlacht von Mohács, die grausame

Habsburgerherrschaft und über den Aerobicclub der Frau des Ratsvorsitzenden.

Unabhängig davon versicherte man mir allerorten, daß die Saison erfolgreich und gewinnbringend sein würde. Füred zum Beispiel bereitete sich auf einen ganz gewöhnlichen Sommer vor. Die Czarda Kokoska vervielfältigte auf dem Kopiergerät der Post in Tausenden von Exemplaren ihre deutschsprachige Speisekarte, weil diese andauernd geklaut wurde. Das Hotel Marina brachte sein ganzes elektronisches Instrumentarium auf Vordermann, um der Show »Geschichte der Liebe« und dem »Broadway Musikcocktail« zum Triumph zu verhelfen. In einem landwirtschaftlichen Staatsbetrieb reparierte man bereits die Paradekutsche, auf welcher die Schönheitskönigin des Annaballs ihre Rundfahrt durch die Stadt unternehmen würde. Das Gras an der Tagoreallee wurde mit einem neuen westlichen Rasenmäher geschnitten, und es ging das Gerücht, etwa ein Dutzend indischer Regierungsbeamter wollte sich im Herzsanatorium kurieren lassen.

Die Tankstellen Shell und Áfor bereiten sich auf Tag- und Nachtbetrieb vor, die Sparkasse warb Hilfskräfte an, um den Geldwechsel für die Westkunden zu beschleunigen, und der Supermarkt ABC vergrößerte seinen Warenvorrat. Am Seeufer erschienen immer mehr Imbißbuden mit Langosch, Wurst, Bier und Cola. Die Reitschulen, Yachtclubs, Galerien, Weinkeller und Folkloreläden öffneten nach und nach ihre Tore. Der Bahnhof und der Hafen wurden gesäubert, die Umgebung der Denkmäler mit frischen Blumen bepflanzt.

Ab Ende Juni verdichteten sich Autolärm, Popmusik,

Möwengeschrei und der warme Wind zu einem Grundgeräusch, das mit jedem Tag stärker wurde und zu einem Einheitsklang heranwuchs, der bis Ende September die Ortschaften und die Küste erfüllen sollte.

Ich versuchte meine Freizeit möglichst allein zu verbringen – manchmal tat mir Leutnant Bönicke aber leid. Dann ging ich mit ihm in ein Freilichtkino, ein andermal zum Angeln. Er war ein von Natur aus wortkarger Mensch. Wenn er mehr als einen einfachen Satz aus Subjekt, Prädikat und Objekt sagte, dann handelte es sich um Frau und Kind, die in Berlin auf ihn warteten. Dieser vierunddreißigjährige Mann konnte sich kaum ein Leben außerhalb seiner Verpflichtungen und Familie vorstellen. Noch weniger war er imstande, sich über die Möglichkeit Gedanken zu machen, daß alles auch einmal ganz anders kommen könnte.

Ich muß zugeben, seine wohlwollende Passivität ärgerte mich. Als das ungarische Fernsehen die Wiederbestattung von Imre Nagy und seinen Schicksalsgefährten direkt übertrug, lud ich ihn in mein Zimmer ein und übersetzte ihm Wort für Wort die Sendung. Der Kühlschrank Lehel spendete großzügig Bierflaschen der ungarischen Marke Kinizsi. Am späteren Abend konnte der Leutnant kaum noch sein Zimmer gegenüber finden und stammelte nur verzweifelt: »Das wird es bei uns nicht geben.« Auf den Schock hin mußte er zwölf Stunden schlafen.

Ich war aber auch nicht ganz ruhig, und das nicht unbedingt wegen der Zukunft des ungarischen Sozialismus.

Viel größere Angst hatte ich vor den Nachrichten von zu Hause. Ich wurde ständig von Alpträumen geplagt: Einmal öffnete ich die Tür meiner Wohnung am Leninplatz und ertappte Tamara dabei, wie sie es gerade mit Juan trieb. Ein anderes Mal erhielt ich den Befehl, unverzüglich nach Berlin zurückzukehren, und ich packte meine Sachen in panischer Geschwindigkeit.

Zwei- oder dreimal rief ich zu Hause an. Tamara war nie da, und Roswitha teilte mir trocken mit, daß unsere Tochter die Abiturprüfung mit ausgezeichnet abgelegt hätte. Zu der Frage, die mich viel mehr interessierte, sagte sie nur: »Nichts Besonderes.« Gleichzeitig drängte mich Major Frickhelm in einem Telex, gelegentlich per Kurier eine Einschätzung des Gesundheitszustands von »Muchacha« und »Muchacho« zu schreiben, denn, wie er sagte, »das Konsilium wird bald zusammengerufen«. Leutnant Bönicke, der das Telex überbrachte, war offensichtlich brennend neugierig auf den Sinn des merkwürdigen Befehls. Zu seiner Beruhigung sagte ich ihm nur, die Zentrale wolle meine Fachmeinung über die Arbeit unserer Operativgruppe in Havanna wissen.

Spaziergang 5

Balatonfüred, 29. Juli 1989

Lieber Gustav,
diesen Brief betrachte ich als rein privat. Ich bitte Dich dringend, ihn auf keinen Fall mit einem Aktenzeichen zu versehen und auch keine Kopie zu machen.

Leider muß ich Dir mitteilen, daß ich mich außerstande sehe, die erbetene Charakteristik von meiner Tochter und ihrem »Kavalier« zu liefern. Ich kann das einfach nicht – das sage ich Dir als mein Freund. Du darfst nicht denken, es sei mir egal, daß Tamara sich mit einem feindlichen Ausländer herumtreibt. Mittlerweile hat sie jedoch ihr Abitur mit Auszeichnung bestanden, und sie ist erwachsen. Sie muß ihr Handeln selbst verantworten und hat dieselben Rechte und Pflichten wie jeder Bürger unserer Republik. Und was den chilenischen Jüngling betrifft, so habe ich mit ihm nicht das Geringste zu tun.

Die ganze Geschichte gehört für mich der Vergangenheit an. Neue Informationen habe ich dazu nicht. Aber angenommen, ich hätte sie – dann würde ich Dir eines sagen, Gustav: Eine gewisse Grenze darf bei Familienangehörigen niemals überschritten werden. Wenn ich früher schon begriffen hätte, was ich heute weiß, dann hätte ich auch bereits das frühere Material in dieser Angelegenheit nicht bereitgestellt. Ich muß verrückt gewesen sein. Ich bitte Dich nachdrücklich, alles, was Du über meine Tochter und ihren anrüchigen Liebhaber in den Akten hast, restlos zu vernichten.

Du kannst ganz sicher sein: In dieser Angelegenheit spielt keinesfalls Feigheit meinerseits eine Rolle, die im übrigen eines Tschekisten unwürdig wäre. Ich bin weiterhin ein entschlossener Parteigänger der Arbeiter- und Bauernmacht, und ich bin jederzeit bereit, unsere Errungenschaften mit der Waffe in der Hand zu verteidigen. Allerdings habe ich inzwischen den Verdacht, daß es zu diesem Kampf nicht mehr kommen wird. Was das Alter uns bringt, Gustav, wissen wir nicht – ich jedenfalls möchte dann meiner Tochter noch ins Gesicht sehen können, ohne rot zu werden.

Deshalb bitte ich Dich hiermit, mich von der weiteren Beteiligung am OV »Venceremos« zu entbinden. Ich danke Dir im voraus für dein Verständnis und verbleibe mit sozialistischem Gruß,

Dein Joscha.

Ach, du schläfst, Hugo? Du weißt nicht, was du versäumt hast – diesen Brief habe ich den ganzen Abend gesucht, um ihn dir vorzulesen. Als ich ihn geschrieben hatte, war ich so stolz darauf, daß ich mir auf dem Hauptpostamt von Füred eine Kopie machen ließ. Damals wurden in Ungarn die Kopiergeräte für jedermann ohne Kontrolle freigegeben – eigentlich war das der Anfang vom Ende. Das hat aber niemand so ausgesprochen, vielleicht nicht einmal gedacht.

Der ganze Vorgang der schleichenden Auflösung ähnelte übrigens deiner Diagnose, Osteosarkom mit Metastasen. Wir können noch einen Versuch mit Chemotherapie unternehmen. Danach müßtest du längere Zeit Diät halten. Alles Fleisch ist tabu – statt dessen ist Papaya angesagt! Papaya – was ist das überhaupt? Woher soll ich Papaya nehmen mitten im Friedrichshain, wenn ich das Wort zum ersten Mal höre? Und wovon soll ich die verdammte Westberliner Hundeklinik bezahlen?

Aber ich bin froh, daß du lebst, Hugo. Sogar deine Schmerzen haben nachgelassen, und du ziehst das Bein fast gar nicht mehr nach. Du stehst mitten im Volkspark und lauerst den Vögeln auf. Zwar bist du im Moment zu schwach, um sie zu verbellen, aber du hast Spaß an ihnen. Und du freust dich an frischem Fleisch und auch darüber, wenn du morgens meine Hände ablecken darfst, die aus dem Bett hängen. Du freust dich, solange du kannst, das ist das Wichtigste. Wenn jemand sich nicht mehr freuen kann, hilft ihm auch keine Papaya.

Ich hätte dich damals mit zum Balaton nehmen sollen. Das hätte dir gut getan! Du hättest jede Menge Auslauf gehabt in den Parks und am Ufer, und auch am Baden im lauwarmen Wasser hättest du Spaß gehabt. Und mich hättest du rechtzeitig warnen können, als Anstandswauwau, damit ich auf der schiefen Ebene nicht abrutsche.

Leutnant Bönicke fuhr mit der Bahn am Sonntag früh nach Budapest, um das Kurierflugzeug der Firma in Ferihegy zu erreichen. Zwei lange Wochen davor waren wir mit Arbeit überschüttet gewesen. Nacheinander meldeten sich die Agenten, und wir mußten die

Dienstpläne machen, die Leute mit Aufgaben versehen, Orte und Termine der Begegnungen festsetzen. Und mit jedem mußte man sich einzeln beschäftigen. Heutzutage meint die irregeleitete Öffentlichkeit, daß ein Agent dem anderen ähnelt wie ein Ei dem anderen – der eine heißt neunzehn, der andere zwanzig minus eins. So ein Blödsinn! Das waren keine Automaten, sondern völlig verschiedene Menschen. Und für jede Seele brauchte man einen anderen Schlüssel.

Da war zum Beispiel »Joseph«, Mitte Fünfzig, Lehrer in einer POS in Wernigerode. Er verbrachte bereits den vierten Sommer in Badacsonyörs, kam mit seiner Frau im Trabant, die Benzinkosten haben wir gegen Quittung erstattet. In Wernigerode war er als Agent ebensowenig erfolgreich wie am Balaton, aber er erwartete jedesmal Lob von uns für seine Leistungen an der geheimen Front. Er war unglaublich schwatzhaft und wichtigtuerisch – am liebsten hätte er allen Gästen auf dem Campingplatz sein Leben erzählt. Ich traf mich mit ihm auf einem Parkplatz in seinem Auto, wir schwitzten wie im Dampfbad. Aus den ungefähr einstündigen Gesprächen mit ihm konnte ich im Bericht nur ganz wenige Angaben verwenden. Da seine Frau nicht angeworben war, mußte ich ihm jedesmal auf die Seele binden, die Gattin nicht mit seiner hervorragenden Aufklärungsarbeit zu traktieren. Mit Sicherheit aber hat er sich vor ihr gebrüstet, für uns zu arbeiten.

Ein ganz anderer Typ war der zwanzigjährige Student »Kurt Fink«, ein Berliner von der Humboldt-Universität und zum ersten Mal in Ungarn. Er war ein FDJ-Kader mit positiver Gesinnung und arbeitete auf dem

Campingplatz Révfülöp in der Frühschicht. Vor allem bei seinen Altersgenossen konnte er den richtigen Ton finden. Von ihm hörte ich zum ersten Mal, daß die Ungarn in der Pionierrepublik Zánka ein Flüchtlingslager errichten wollten. Er schaffte es sogar, sich auf dem Gelände einzuschleichen, und kehrte von dort mit operativ wichtigen Informationen zurück. Namen und Orte merkte er sich ganz genau, formulierte präzise, lieferte seine Berichte schriftlich in einer so guten Qualität, daß diese fast unverändert an die Zentrale weitergeleitet werden konnten. Unser Treffpunkt war die Konditorei Kedves, und ich lud ihn immer zu Kaffee und Brause ein.

Einmal bekam er von mir eine Bahnkarte Révfülöp–Tihany und zurück, denn es war sein brennender Wunsch, dem berühmten Echo von Tihany ein paar Zeilen aus dem Faust aufzusagen. Der Ordnung halber ließ ich ihn von diesem Ausflug Bericht erstatten. Leider stellte sich heraus, daß das vielgepriesene Touristenobjekt in einem kläglichen Zustand war. Die Mauer der Abtei gab von den klassischen Zeilen »Nur der verdient sich Freiheit wie das Leben / der täglich sie erobern muß« nur zwei Silben wieder, und die auch noch dreimal hintereinander: »ben, ben, ben ...«, »muß, muß, muß ...« Zum Abschied bekam »Kurt Fink« von mir einen Bildband über Ernst Thälmann – eine Geste, die ihn tief rührte.

Es wäre mir nicht im Traum eingefallen, den IM »Literat« auf ähnliche Weise zu beschenken. Die Zentrale hatte mich schon vorher ermahnt, diesen Mitarbeiter wie ein rohes Ei zu behandeln. Er war ein Staragent, ein seriöser, arrivierter Autor, der bereits seit drei Jahren an einem Reportagenband über den Balaton arbeitete. Er fuhr mit dem Auto in die Badeorte, wohnte grundsätzlich in Hotels, und als Treffpunkt empfahl er immer den Weinkeller Muskat, weil er auf eine Einladung zum Mittagessen spekulierte. Ihm gegenüber war ich zu Dankbarkeit verpflichtet, weil er sich dazu herabließ, mit mir zu reden. Mit besorgter Miene monologisierte er über die brennende Notwendigkeit von Reformen in der DDR. Der Informationswert seiner Mitteilungen war gleich Null, und ich konnte ihn nicht leiden.

Als viel brauchbarer erwies sich »Géza«. Er war von den ungarischen Organen, für die er bereits seit zwanzig Jahren tätig war, an uns ausgeliehen worden und arbeitete als Ober in einem drittklassigen, von DDR- und BRD-Bürgern gleichermaßen frequentierten Restaurant. Aus eigener praktischer Erfahrung war er ein profunder Kenner des schwarzen Devisenhandels zwischen und Ost und West. Deutsch sprach er leidlich und setzte sich, soweit seine Arbeit es erlaubte, gerne mit an die Tische, an denen unsere Bürger mit ihren westdeutschen Verwandten und Bekannten plauderten. Er erzählte mir, daß die Ungarn etwa Mitte August ein Grenztreffen mit Österreich planten und zu diesem Anlaß den Schlagbaum für jeden x-Beliebigen öffnen würden – diese Information leitete ich noch am selben Tag als Blitznachricht an die Zentrale weiter. Mit materiellen Vergünstigungen konnte ich »Géza« kaum vom Sockel reißen, er war an höhere Summen und andere Währungen gewöhnt. Ihm war jedoch in Aussicht gestellt worden, in der nächsten Sommersaison als Kellner im Berliner Restaurant »Budapest« arbeiten zu dürfen.

Das IM-Ehepaar »Lehmann« aus Eisenhüttenstadt hatte beim Landeswettbewerb der Reisebüros eine zweiwöchige Familienreise in Balatonalmádi gewonnen. Genauer gesagt: Ihnen waren zwei Plätze in der 18köpfigen Urlaubsgruppe reserviert worden. Ihr Einsatz erwies sich von Anfang an als Flop. Die Mitglieder der Reisegruppe hatten irgendwo aufgeschnappt, daß es unter ihnen mehrere Informanten gäbe. Dies konnte, wie es der Natur der Dinge entspricht, weder bestätigt noch widerlegt werden. Die Stimmung in der Gruppe war dermaßen vergiftet, daß Herr und Frau Lehmann ihre Neuigkeiten ausschließlich aus diesem Thema schöpften. Zudem ging in dieser Zeit unglücklicherweise ihre Ehe in die Brüche und wurde nur noch durch die gemeinsame Reise und die geheime Arbeit für die Firma zusammengehalten.

Das Ergebnis sämtlicher Recherchen all dieser IM's stand in keinem Verhältnis zu meinen Anstrengungen. Hinzu kam, daß selbst die wertvollste Nachricht in diesem Sommer keinerlei Maßnahmen zur Folge haben konnte. Was sollte ich zum Beispiel unternehmen, wenn ich genauestens darüber unterrichtet wurde, daß eine Urlaubergruppe in Paloznak die Rückkehr in die DDR kollektiv verweigerte? Oder daß sich der Dresdner Ingenieur X samt Familie im Bungalow seiner Hamburger Verwandten versteckte?

Währenddessen funktionierte die Berliner Zentrale, als befänden wir uns im Jahre 1967 oder 1981. Aus Tausenden familiärer Ost-West-Kontakte wurden einzelne herausgepickt. Ein förmliches Ermittlungsverfahren wurde eingeleitet, Autonummern, Adressen, Personenbeschreibungen zusammengetragen. Man forderte mich auf, mit Hilfe der ungarischen Genossen Aufenthaltsorte festzustellen, Personen zu identifizieren und notfalls Verhörtechniken anzuwenden. Mitunter erreichten mich wöchentlich mehrere solcher Suchanträge. Außerdem erwartete man von mir ausführliche Tagesberichte. Eine besondere Belastung bedeutete dabei ein dreißig Seiten langer Fragebogen, den alle Operativgruppen von Leningrad bis Varna schleunigst auszufüllen hatten.

Es war eine übermenschliche Arbeit, die ich zu leisten hatte, täglich zehn bis zwölf Stunden in drückender Schwüle. Wirklich ermattend war jedoch nicht die Tätigkeit selbst, sondern die immer stärker werdende Überzeugung, daß mein Eifer nicht den geringsten praktischen Sinn mehr hatte.

Am Samstagabend holten wir das Telexgerät in mein Zimmer und schalteten es ein. Leutnant Bönicke sollte ungefähr eine Woche in der Berliner Zentrale verbringen, um dort Bericht zu erstatten und neue Instruktionen abzugreifen. Ich begleitete ihn um sechs Uhr früh zur Bahnstation und ging dann in die Stadt zurück. Bereits zu dieser frühen Stunde konnte man die herannahende Hitze spüren. Ich trank im Imbiß einen starken Kaffee. Im Tabakladen auf der Kisfaludy-Straße kaufte ich mir Zeitungen und eine Schachtel Marlboro. Über den Kauf der Zigaretten war ich selbst überrascht, denn ich war kein Raucher. Ich nahm höchstens hin und wieder von Frickhelm eine Zigarre, wenn er mir eine anbot.

Ich wollte noch nicht nach Hause gehen. Um ehrlich zu sein, Hugo, ich genoß die Freiheit. Es war ein Gefühl wie Ende der siebziger Jahre. Roswitha fuhr damals jeden Sommer für ein bis zwei Wochen mit dem Kind nach Ilmenau zu Oma und Opa. Sie fuhr zumeist am Sonntagmorgen los und belud den Trabant vorher mit Lebensmitteln, weil da unten die Versorgung nicht berühmt war. Tamara befand sich in fieberhafter Aufregung und hüpfte um das Auto herum. Sie hing sehr an ihren Großeltern mütterlicherseits. Meine arme Mutter hatte die Geburt der Enkelin nicht mehr erlebt, und meinen Vater konnte man kaum aus Csalányos weglocken.

Ich winkte ihnen also zum Abschied und wartete, bis das Auto in die Landsberger Allee abgebogen war. Dann ging ich in die leere Wohnung, öffnete das Fenster und atmete tief durch. Nun kann das Junggesellenleben beginnen, dachte ich mit Genugtuung. Schau nicht so dusselig, Hugo. Ich hatte keine Pläne mit dem Alleinsein, ich freute mich einfach, daß Ilmenau so weit weg war.

Auch an diesem Sonntagmorgen war meine Erleichterung völlig planlos. Ich setzte mich auf eine Bank in der Tagoreallee und öffnete die Zeitungen. Ein Boulevardblatt hatte in faustgroßen Buchstaben die Schlagzeile: »Die sowjetischen Truppen werden bald aus Ungarn abgezogen.« Ich mußte die Nachricht mehrmals lesen und verstand kein Wort. Was für Truppen sind das, verzehrte ich mich, und was bedeutet das Wort »sowjetisch«? Wer wird hier und wovon »abgezogen«? In meinem unausgeschlafenen, fiebrigen Kopf wimmelte es von sinnlosen Worten. Dann leuchtete in meinem Hirn ein winziges Lämpchen auf, aber nur so viel, daß ich verstehen konnte: Ich bin blockiert. Eine Zeitlang massierte ich mit beiden Händen meine Schläfen, dann kam die Entscheidung: Heute paßt hier keine Information hinein. Heute tue ich keinen Handschlag für die Firma, und auch morgen nicht, blauer Montag. Ich gehe jetzt nach Hause, hole meine Badesachen und gehe zum Strand. Ich öle mich ein, setze die Sonnenbrille auf, lege mich in den Halbschatten und schlafe.

Ich wurde wach, auf dem Strand war es brütend heiß, und ich triefte am ganzen Körper vor Schweiß. Dicht neben mir war eine Frau. Sie lag auf dem Bauch, ihr nackter Rücken war streifenlos braun, das Oberteil des Bikinis geöffnet. Sie hatte den Kopf in meine Richtung gedreht und schaute mich an.

Ich stützte mich auf den Ellenbogen und setzte die Sonnenbrille ab, um besser sehen zu können. Sie war schlank und wohlgeformt, eine Frau um die dreißig, überaus attraktiv, mit sonnengebräunter Haut und einem zarten Profil. Ich hatte gerade genug Zeit, um genau dies – rein sachlich – festzustellen, als sie mich auch schon auf ungarisch ansprach. »Entschuldigen Sie bitte, Herr Nachbar«, sagte sie mit einer so klangvollen Stimme, daß ich innerlich zu zittern begann, »ich möchte gern schwimmen gehen. Würden Sie wohl ab und zu einen Blick auf meine Sachen werfen?«

»Aber gern, schöne Frau«, antwortete ich in einem plötzlichen Anfall von Kühnheit. Daraufhin lächelte sie leicht und wandte sich diskret von mir ab – für einen Augenblick sah ich ihre kleine feste Brust. Mit ihren schlanken Fingern hakte sie den Bikini zu, sprang geschmeidig auf, und einen Moment später sah ich, wie sie in den blaugrünen, spritzenden Wellen verschwand. Während ich ihr noch nachsah, begann ich mich schon gedanklich mit zornigen Flüchen zu beschimpfen. Mit den soeben gesprochenen vier ungarischen Worten hatte ich zum ersten Mal während meiner Laufbahn einen schweren Konspirationsfehler begangen.

Dabei hatte ich ausgerechnet das Verhalten in solchen Fällen sorgsam trainiert! »Leider kann ich kein Ungarisch!« Oder, gemütlicher: »Nem beszelni magyar!« Diese Sätze sollte ich selbst dann noch mit eindeutig deutschem Akzent und falscher Betonung aussprechen, wenn ich aus dem süßesten Traum geweckt wurde. Offensichtlich war ich wirklich gerade am Ende meiner Kräfte – ich mußte mich ernsthaft darum kümmern, wie ich mich wieder erholen konnte.

Frickhelm, der mich persönlich auf die Reise vorbereitet hatte, bemerkte einmal, daß selbst die perfekteste Legende aufgrund eines einzigen Fehlers Risse bekam. Der Mensch ist nun mal keine Maschine, und Unfälle sind immer möglich. In einer solchen Situation darf der Tschekist nicht in Panik geraten, sondern muß gleich die Methode des Rückzugs, wie im Schach, herausfinden. Je weniger Zeit dafür zur Verfügung steht, um so wichtiger ist die Intuition.

Ich habe zum Beispiel jetzt genau so viel Zeit, wie die Frau sich im Wasser aufhält. Das kann fünf Minuten oder auch eine halbe Stunde dauern. Dann steigt sie aus dem See und bedankt sich für mein Entgegenkommen. Ich habe es eilig und verabschiede mich sofort, natürlich auf ungarisch. Alles muß so schnell vor sich gehen, daß sich kein Anknüpfungspunkt ergibt, der ein Gespräch einleiten könnte. Die einzige Chance liegt im radikalen Abbruch des Kontaktes – je rascher ich mich in Luft auflöse, um so besser. Morgen suche ich mir einen anderen Strand, schaue mich aber trotzdem sorgfältig um, bevor ich mein Plaid auf den Sand lege. So etwas ist eine Frage der Selbstkontrolle, und darin bin ich ziemlich geübt.

Ach, Hugo, trotzdem muß ich mir im nachhinein die Frage stellen: Nehmen wir an, ich wäre innerlich vorbereitet gewesen. Diese Frau, so, wie sie aussieht, hätte mich mit der Stimme, die sie hat, auf ungarisch angesprochen – ob ich wohl die Kraft gehabt hätte, ihr nicht ungarisch zu antworten? Ehrlich gesagt, mein Lieber, ich habe keine blasse Ahnung. Offensichtlich gibt es eine Schwachstelle in meinem Ich, die meine positive Moral verletzlich macht. Wäre ich an dem Tag an einen anderen Strand gegangen, oder wäre ich nach Hause gegangen, hätte zu Mittag gegessen und erst nach einem ausgiebigen Mittagsschlaf den Strand aufgesucht, dann wäre mir dies nie klargeworden. Und auch in Begleitung des Leutnants Bönicke hätte ich keine Chance zu Selbsterkenntnissen dieser Art gehabt.

Denn von dem Augenblick an, als die Frau über den Strand auf mich zulief, das Wasser von ihrem Körper schüttelte und sich wieder auf ihr Plaid setzte – von diesem Augenblick an gab es keinen Zufall mehr. »Ich bin Joli«, zwitscherte sie und reichte mir ihre noch feuchte kleine Hand, die in meiner trockenen sandigen Rechten fast völlig verschwand. Natürlich konnte ich auf ihre Vorstellung nur ungarisch antworten. Was aber sollte ich sagen? Mich als Dr. Schwabe zu präsentieren, wäre der reine Aberwitz gewesen – dem hätten weitere Erklärungen folgen müssen. Und wenn ich mich József oder Jóska nannte, wäre dies meiner wirklichen Identität zu nahe gekommen. Allzu viel Zeit zum Überlegen hatte ich nicht, und so preßte ich heraus: »Gábor«.

Weiß du, Hugo, zuletzt hatte ich in meiner Schulzeit in dieser Weise an Frauen gedacht und mich nach ihnen gesehnt. Heute, wo die Jugendlichen sich kurz gegenseitig mustern und sich dann gleich zusammentun, mag dies sonderbar klingen. Ich habe aber in der schwierigen Kriegs- und Nachkriegszeit gelebt. Nicht einmal Fernsehen gab es, und als sich schließlich immer mehr Leute einen Fernseher leisten konnten, gab es nicht die nackten Frauen, die auf dem Bildschirm heutzutage herumspringen. Ich habe mir später jeden Monat das *Magazin* gekauft, in jeder Nummer gab es ein oder zwei Aktfotos. Denn auch unser Staat hatte nichts gegen gesunde Erotik. Außerdem waren diese Frauen schön, ihre Nacktheit verletzte nicht den guten Geschmack. Auch wurden ab und zu im Kino französische und italienische Filme gezeigt, und die waren ziemlich pikant.

Überhaupt war ich nicht aus Holz, ich schaute nach den Mädchen in der FDJ und sah auch gerne die jungen Frauen bei der Firma. Aber vor Abenteuern hütete ich mich, machte keiner den Hof. Es fehlte mir an Selbstvertrauen, ich hielt mich weder für gutaussehend noch für gewinnend. Die Ehe war etwas ganz anderes, weil hier die Liebe eine Perspektive bekam. Man liebt, weil man einen Partner hat – ebenso wie man einkauft, wenn man Geld hat, und Reisen unternimmt, wenn man einen Reisepaß bekommt. Ich weiß, das ist eine simple Weisheit, aber so bin ich halt erzogen.

Roswitha hat mir in den ersten Jahren ganz gut gefallen, ich ihr vielleicht auch. »Vielleicht« sage ich, weil wir niemals darüber gesprochen haben. Später, als unsere Beziehung bereits kühler geworden war, stimmte mich das traurig. Doch ich tröstete mich damit, daß dem Menschen sowieso nicht alles gleichmäßig gelingen kann. Es hat keinen Sinn, dem nachzutrauern, was einem das Leben nicht schenken will. Vielmehr muß man froh über das sein, was es gibt: Froh über die Tochter, über das warme Zuhause, über die sichere und sinnvolle Arbeit, die das Leben erfüllt.

Neulich haben wir darüber gesprochen, was gewesen wäre, wenn mein Schicksal einen anderen Verlauf genommen hätte. Man hätte mich beispielsweise 1948 nicht aus Ungarn vertrieben. Dann hätte ich vielleicht die Friseuse Klárika geheiratet oder die jüngere Schwester von Anti Balogh. Ohnehin gab es in Csalányos sehr viele Mädchen, eines hübscher als das andere. Heute weiß ich, daß sie mir alle besser gefallen haben als Roswitha. Aber sag mir, Hugo, was kann ich mit dieser Erkenntnis zwanzig oder vierzig Jahre später anfangen?

Nun, um ehrlich zu sein, diese Affäre mit Joli hätte ich ohne weiteres verhindern können, ich hatte den ganzen Nachmittag Gelegenheit dazu. Sie war ohnehin etwas gehetzt und fragte mich erst im letzten Augenblick, ob ich am Abend schon etwas vorhätte. Mit dem allerletzten Rest meiner Vorsicht verabredete ich mich mit ihr auf der anderen Seite der Petőfi-Sándor-Straße – ich wollte sie nicht zu nahe an die Saisonwohnung locken. Länger als eine halbe Stunde würde sie kaum auf mich warten. Diese Frau ist so hübsch, dachte ich, daß sie an jedem Finger einen Kerl haben kann, wenn sie will.

Wahrscheinlich wird sie sich bereits heute abend, wenn ich zu dem verabredeten Treffen nicht erscheine, mit einem anderen Mann trösten. Ich werde diese Gelegenheit einfach auslassen, dachte ich auf dem Rückweg vom Strand.

Aber als ich nach Hause kam, räumte ich die häßliche Wohnung fast beispielhaft auf und wechselte sogar das Bettzeug. Ich wusch mich gründlicher als sonst und besprühte mich flächendeckend mit Kölnisch Wasser. Dann zog ich mein schneeweißes, frisch gebügeltes Seidenhemd an. Als ich schließlich das Gebäude des Dienstleistungskombinats verließ, schlug mein Herz bis zum Hals.

»Womit beschäftigen Sie sich?« fragte ich sie. »Ich fühle mich wohl«, antwortete sie mit kokettem Lächeln. Sie trug ein glatt geschnittenes, hellgelbes Kleid, am Hals eine rote Korallenkette. Als sie den Kopf hob, schlug mir der berauschende Duft ihres Parfums entgegen. Später sagte sie noch: »Ich bin Kauffrau.« – »Aha«, nickte ich dumm, denn ein solcher Beruf war mir so gut wie unbekannt. Zwischendurch bastelte ich an Gábors Legende. Wenigstens irgend etwas muß daran stimmen, dachte ich, und bevor sie noch eine entsprechende Frage stellen konnte, gab ich ihr mit gespielter Leichtigkeit zu wissen: »Ich bin Fremdenführer und arbeite mit deutschen Gruppen.«

Wir saßen in der Czarda Baricska, die sehr gut besucht war. Den letzten freien Tisch hatten wir dort ergattert, relativ weit entfernt von dem übrigen Publikum. Es war neun Uhr abends, von der Sonne war nur noch ein goldener Streifen zu sehen, und ein blasser Mond stand bereits am Himmel. Wir studierten amüsiert die deutschsprachige Speisekarte mit ihren komischen Fehlübersetzungen und Rechtschreibfehlern. Da stand unter anderem »Spitzbubbsuppe«, »Hüchnersuppe«, und der Aperitif hieß »Schüttelfrost«. Joli bestellte ein mit Hühnerleber gefülltes Schweineschnitzel und ich ein Linsengulasch. Zunächst aber brachte der Ober die von ihm vorgeschlagenen beiden Weine. Ich mußte kosten, und es schmeichelte mir, daß der Kellner mit treuem Blick meine Entscheidung abwartete.

Es war bereits halb elf, der Himmel war voller Sterne, und wir wußten voneinander nicht viel mehr als mittags am Strand. Vorsichtig ließen wir ein paar Informationen durchsickern. So erwähnte ich, daß ich nicht nur für ungarische Reisebüros arbeite. Joli merkte daraufhin an, daß sie auch eher mit Ausländern Geschäfte mache. Ich rühmte mich wie beiläufig damit, eine erwachsene Tochter zu haben, die ich gerne einmal hierher mitbringen würde. Joli behauptete, ihre Mutter, die in Györ wohne, über alles zu lieben, aber leider könnten sie sich im Sommer kaum sehen. Ich gab zu, fünfundfünfzig Jahre alt zu sein, sie verriet, daß sie unlängst ihren zweiunddreißigsten Geburtstag gefeiert hatte. Ich entlarvte mich als Liebhaber klassischer Musik, sie bezeichnete sich als Disco-Fan. Es war wie ein geschicktes Tennisspiel. Keiner von uns wollte siegen, und beide wünschten so langsam wie möglich all das in Erfahrung zu bringen, was uns wechselseitig interessierte.

Wir waren in dieses Frage-Antwort-Spiel so vertieft, daß wir in der Umgebung erst wieder etwas bemerkten, als vor unserem Tisch plötzlich der Zigeunerprimas stand. An seiner Geige vibrierte bereits eine Saite, aus seinem dunklen Gesicht mit der runzligen Haut strahlte uns ein Augenpaar mit verschwörerischem Lächeln an. Neben ihm standen zwei Zigeunerjungen mit kleineren Geigen und beobachteten seine Bewegungen. Dann erklang das Instrument, und es folgte der tiefe, warme Bariton:

Warum schaust du trüb, mein liebes Pferd?
Kein ein Mädchen ist 'ne Träne wert!
Knöpfe fallen ab vom Mantel halt,
Geht eins weg, so kommt das andre bald!

Wir sahen uns in die Augen. Joli reichte mir über den Tisch ihre Hand, und ich spürte ihre Fingerspitzen. Der Primas schaute uns mit herausforderndem Spott an und spielte weiter:

Sprechen doch die Zehn Gebote klar:
Liebe deinen Nächsten immerdar.
Meine Schöne, sag' mir, liebst du mich?
Denn dein Nächster, nicht wahr, der bin ich!

»Gábor«, flüsterte Joli mir heiß ins Ohr, während der Zigeunerprimas mit vielen Bücklingen meinen Fünfhundert-Forint-Schein in seine dicke Geldbörse steckte. Ich seufzte ebenfalls und drückte mit unverhohlener Aufregung ihre Hand.

Am nächsten Morgen, Joli befand sich noch im süßesten Traum, weckte mich das Knattern des Telexgeräts. Eine Nachricht von Major Frickhelm rollte heraus: »Was fällt dir ein? Mit den beiden Charakteristiken rechne ich unbedingt. Nichterfüllung = Befehlsverweigerung. Gustav.«

Das war die sonderbarste Woche meines Lebens. Vielleicht wäre es richtiger zu sagen: unseres Lebens. Denn ich war mit mir selbst zu dritt. Ich war Josef Klempner, der Geheimoffizier des MfS, ich war Dr. Helmut Schwabe, meine offizielle Legende, Oberkoordinator für Fremdenverkehr, und drittens war ich jener Gábor, der ungarische Reiseführer, für den mich Joli hielt. Aber für dich, Hugo, hätten alle drei genau gleich gerochen.

Gábor überhäufte mit zärtlichen Küssen den sonnengebräunten Körper seiner Geliebten. Er wußte bereits, daß sein durchschlagender Erfolg hier teilweise einem Zufall zu verdanken war – Jolis erste große Liebe aus der Schulzeit war ebenfalls ein Gábor gewesen. Der andere Grund für seine triumphale Eroberung war ausgerechnet in einer Eigenschaft begründet, die er immer als besondere Schwäche empfunden hatte. »Du flirtest wie ein verklemmter Schüler«, summte Joli begeistert, als sie sich in der Saisonwohnung nach ihrem ersten Beischlaf gegenseitig eine Marlboro anzündeten. »Und du errötest auch immer wie ein Schüler ...«

Am nächsten Morgen begleitete Gábor seine neue Freundin zum Basar am Rand der Gemeinde. Die Frau zog das Rollo auf und öffnete alle fünf Sicherheitsschlösser des Ladens. Die Gemischtwarenhandlung der »Las Vegas GmbH« in Balatonfüred bot sowohl den Urlaubsgästen als auch den Einheimischen ein breites Sortiment. Fast alles außer Lebensmitteln konnte man hier erwerben: Computer, Videogeräte, westliche Parfums, Kinderkleider, Pornohefte, und im hinteren Teil des Ladens stapelten sich meterhoch die Zigaretten – Marlboro, Kent, Stuyvesant, alles jugoslawische Lizenzen. Joli war freilich nicht die Besitzerin des Ladens, sondern die hiesige Filialleiterin – dies allerdings nur im Sommer. Hier verdiente sie im Monat das Vierfache von dem, was sie als Mathematiklehrerin in einem Győrer Gymnasium bekam. Sie brauchte das Geld, denn sie war seit zwei Jahren von ihrem Mann geschieden, weil dieser keine Kinder haben wollte. Aber es war nicht einfach, aus der gemeinsamen Wohnung in der Siedlung Gagarin am Stadtrand von Győr auszuziehen. Sie wollte versuchen, auf jeden Fall in diesem Jahr, solange die Baukosten noch nicht explodierten, in eine Baukooperative einzusteigen.

Gábor hörte sich die finanziellen Erörterungen der Frau verständnisvoll an. Schon seit dem Frühstück träumte er davon, sein Leben mit dem von Joli zu verbinden. Er setzte dabei einfach voraus, daß diese Liebe, die noch keine vierundzwanzig Stunden alt war, halten würde, was sie versprach. So konnte man die materiellen Sorgen der Frau und die Einsamkeit des Mannes gleichzeitig besiegen. Vielleicht ist der Altersunterschied von zwanzig Jahren sogar von Vorteil, dachte Gábor. Schließlich braucht diese wundervolle junge Frau keine Beziehung wie ein Strohfeuer, sondern eine solide Grundlage. Und zwar so schnell wie möglich! Joli rechnete bei ihrer Lebensplanung mit einem liebenden Ehegatten und einem oder zwei Kindern. Gábor mußte also darüber nachdenken, wie er eine sichere Existenz mit ihr aufbauen konnte. Es war ja gar nicht so selbstverständlich, daß der aktuell noch lukrative Beruf eines ungarischen Fremdenführers auch künftig eine Perspektive bieten würde. Marktorientierung war das Stichwort der Zukunft, und die »Las Vegas GmbH« bot nur einen ersten Vorgeschmack davon.

Allerdings war die Vision vom schönen Zusammenleben Zukunftsmusik, denn aktuell konnte Gábor ganz wenig dafür tun. Heute würde er mittags die Frau seiner Träume vom Laden abholen. Vorgesehen war, daß sie zusammen in das Warenhaus »Füred« gingen, um ein paar Utensilien einzukaufen, die geeignet waren, die triste Saisonwohnung etwas heimeliger zu gestalten. Man brauchte schließlich einen Blumentopf am Fenster, richtige Weingläser, eine Tischdecke, neue Reinigungsmittel für Küche und Bad. Auch konnte man sich nicht nur von Tütensuppen und Konserven ernähren, sondern wollte gesunde Lebensmittel einkaufen, vor allem Gemüse und Salat. Und außerdem war Joli der Auffassung, daß Gábor etwas Anständiges zum Anziehen brauchte. »Nimm es mir nicht übel, aber du siehst aus wie einer dieser armseligen Typen aus der DDR. Was für ein Anzug ist das – ›Präsent‹? Sogar unsere Konfektionsfabrik Roter Oktober produziert bessere. So alt bist du auch wieder nicht, du kannst ruhig Jeans tragen und auch ein T-Shirt. Nein, bloß nicht aus meinem Laden. Da ist alles synthetisch und geht nach einmal waschen kaputt, deshalb ist es so billig.«

Sie gingen also ausführlich einkaufen und trugen die Sachen nach Hause. Joli wischte die Küche, saugte die Teppichböden und ließ die schmutzige Wäsche in der dafür vorgesehenen Truhe verschwinden. Drei Stunden später hatte die Saisonwohnung doch eine etwas andere Gestalt angenommen. »Für das Telexgerät bringe ich morgen auch eine Decke mit«, sagte Joli. »Es sieht einfach scheußlich aus. Ein Mann wie du sollte in einer angenehmen Umgebung leben.« Sie selbst wohnte zur Untermiete, Béla-Kun-Straße 4. Als sie ging, weil sie »den Chinesen« im Laden ablösen mußte, bat sie Gábor, sie am Abend dort abzuholen. »Vielleicht können wir ins Kino gehen, es laufen die *Gefährlichen Liebschaften*. Tschüß, mein Lieber, es ist wundervoll mit dir!«

Am Dienstagmorgen setzte sich Dr. Helmut Schwabe mitsamt seinen neuen Jeans in den roten Lada. Er fuhr nach Almádi zu einer Besprechung mit dem Vertreter des staatlichen Reisebüros IBUSZ. »Sie sind aber heute sportlich gekleidet, Herr Dr. Schwabe!« spöttelte der glatzköpfige Büroleiter mit den buschigen Augenbrauen, von dem Dr. Schwabe stets geglaubt hatte, daß er für die hiesige Firma arbeite. »Vielen Dank, Herr Zsofinyec«, gab er zurück. »Aber Ihre pflegeleichte Frisur ist auch nicht von schlechten Eltern.« Sie aßen im Restaurant Aurora, und der ungarische Partner berichtete ungeschminkt über die Probleme im ungarischen Fremdenverkehr. »So viele Besucher aus Ihrem Land hatten wir noch nie, Herr Dr. Schwabe. Die Hotels, Campings, Motels und Restaurants sind bis zur letzten Besenkammer belegt, und alle Strände sind überfüllt. Der Kollege von Interflug hat mitgeteilt, daß bis Ende September alle Flüge ausgebucht sind. Die Ungarischen Staatsbahnen sind gezwungen, Sonderzüge bereitzustellen. Ja ja, das alles sind die Vorboten großer Ereignisse, bei Ihnen ist ein wahrhaftes Balatonfieber ausgebrochen. Wir freuen uns ehrlich darüber, denn der Fremdenverkehr dient der Völkerverständigung.«

Dr. Schwabe musterte sein Gegenüber aufmerksam – es gelang ihm kaum, festzustellen, wann dieser ironisch wurde. Zsofinyec war mit seinen Ausführungen allerdings noch lange nicht zu Ende. »Da alle Campingplätze längst besetzt sind, werden die illegalen Camper immer mehr, und sie hausen unter äußerst ungünstigen Bedingungen. Manchmal stellen sie ihre Trabants im Kreis auf, wie eine Wagenburg. Schlafsacktouristen übernachten häufig in den Maisfeldern, und nirgendwo gibt es Aborte und Trinkwasser. Die Behörde für Seuchenschutz droht mit Razzien, aber sie wüßten sowieso nicht, wo sie anfangen sollen. Für Langosch, Bier, Bockwurst und Cola gehen die Leute zu den Imbißbuden oder auf die internationalen Campingplätze. Dort werden die Schlangen immer länger, und natürlich werden die legalen Camper bevorzugt bedient. Das schafft eine Menge Reibung. Dazu kommt der illegale Geldumtausch mit den Polen. Die Polen, glauben Sie mir, lieber Herr Schwabe, sind eine komplette Katastrophe.« Dieser Ansicht war Dr. Schwabe schon seit spätestens 1980, aber trotzdem hatte er Zweifel, daß die Polen wesentlich zum aktuellen Desaster des ungarischen Tourismus beigetragen hatten.

»Dann scheinen Ihre Urlauber, Ausnahmen immer vorausgesetzt, keine Ahnung zu haben, was Privatgelände ist. Überall wandern sie herum oder fahren in sämtliche Wege mit ihren Autos. Auch ein leerstehendes Haus ist noch lange kein Allgemeingut. Im Gegenteil –

gerade jetzt werden bombige Geschäfte damit gemacht. Westdeutsche und unsere im Ausland lebenden Landsleute kaufen und mieten Wochenendhäuser. Wir sind in Mode gekommen, Herr Schwabe. Nebenbei bemerkt: Ich könnte auch Ihnen eine Datscha in der Nähe ziemlich preiswert vermitteln. Sie befindet sich in einem heruntergekommenen Zustand, aber das Renovieren lohnt sich. Im nächsten Jahr sind womöglich die Immobilien das einzige, was noch Wert hat ...«

Dr. Schwabe machte sich eifrig Notizen. »Ich bin Ihnen sehr verbunden, Herr Zsofinyec«, sagte er, nachdem er das dicke Notizbuch zugeklappt hatte. »Ich glaube, unsere Fachleute im Fremdenverkehr können bei Ihnen viel lernen.«

Zsofinyec wehrte mit geschmeicheltem Lächeln ab: »Ach wo, Herr Dr. Schwabe. Wir sind selber noch blutige Anfänger.« Dann nahm er von einem leeren Stuhl ein Päckchen, das mit goldenem Schleifenband verziert war. »Es ist so, Herr Schwabe«, er räusperte sich, »daß ich morgen mit meiner Gattin auf die Insel Malta reise. Ein Reisemanager unseres Schlages macht ja leider kaum noch selbst Urlaub, schon gar nicht im Westen. Aber das wissen Sie besser als ich. Paradox, nicht wahr? Wir werden uns also in dieser Saison kaum noch wiedersehen. Erlauben Sie mir, Ihnen in meinem und des IBUSZ Namen ein kleines Geschenk zu überreichen – auf weiterhin gute Zusammenarbeit!«

Dr. Schwabe öffnete behutsam die goldene Schnur, entfernte das raschelnde Papier und sah nun das Geschenk: eine Schachtel brasilianischer Zigarren.

Als Gegengeschenk überreichte er dem Herrn Zsofinyec das *Kommunistische Manifest* in der Miniaturausgabe des Dietz-Verlags.

Am Dienstag abend zerbrach sich Gábor auf dem Weg zur Béla-Kun-Straße den Kopf darüber, wie sein Familienname lauten sollte. In der Hand hielt er einen Rosenstrauß. Joli stand bereits im Tor, als er, seiner Intuition folgend, das Problem löste.

»Ach, ich habe so schlechte Manieren!« entschuldigte er sich. »Da habe ich mich doch noch nicht einmal vorgestellt. Gábor Rózsa!« sagte er und überreichte der Frau den Blumenstrauß. »Jolán Soproni«, antwortet sie mit einem Lächeln bis zu den Ohren, und sie küßten sich.

Als sie das Freiluftkino in der Kisfaludy-Straße wieder verließen, vergoß Jolán Soproni einige sentimentale Tränen über das Los der Marquise de Merteuil. Ach, welch ein trauriges Schicksal hatte die kokette Herzensbrecherin ereilt, die den Schürzenjäger Vicomte Valmont um den Finger wickelt und dann in ein tödliches Duell hetzt! Als Joli vor dem Spiegel ihr verwischtes Makeup nachbesserte, war die Trauer aber bereits wieder geschwunden. »Das achtzehnte Jahrhundert war doch gar nicht so übel«, sagte sie zu Gábor, nachdem sie aus der Damentoilette zurückgekehrt war. »All diese Salons und Boudoirs! Aber auch heute ist es in Paris bestimmt nicht schlecht. Man müßte einmal dorthin fahren.« Dann kam ein Stoßseufzer, und Gábor Rózsa fühlte, daß er diese Äußerung als Aufforderung zu verstehen hatte.

»Leider«, sagte Dr. Schwabe alias Gábor Rósza eine Stunde später mit melancholischem Blick, »kann der Reisemanager unseres Schlages kaum noch selber Urlaub machen. Besonders nicht im Westen. Paradox, nicht wahr? Aber aufgeschoben heißt nicht aufgehoben.« Sie saßen im Espresso Molo, der See lag ihnen zu Füßen, der Himmel war voller Sterne. »Vielleicht ist Ende September eine gute Zeit für eine Reise«, versuchte er die ausweichende Antwort abzuschwächen. »Da bin ich schon wieder in der Schule«, seufzte Joli, »meine Saison dauert bis Ende August.«

»Manche Städte sind schön«, versuchte Rózsa abzulenken, »obwohl ich die Natur mehr mag. Die Wälder, die kleinen Bergseen und natürlich das Meer. Zum Beispiel die Ostsee, bei Warnemünde ...«

»Also du liebst die Natur und die klassische Musik«, faßte Joli ihr Wissen zusammen. »Und du hast eine erwachsene Tochter.« Nach einer Kunstpause rückte sie mit der Frage heraus: »Und deine Frau? Was ist mit ihr?« Um ihn nicht zu verschrecken, fügte sie hinzu: »Mit mir kannst du völlig offen reden. Ich habe keine festgefügten Erwartungen.«

»Wir leben getrennt«, sagte Gábor spontan, und er war selbst erstaunt, mit welcher Leichtigkeit ihm dieser Satz über die Lippen kam. Hauptmann Klempner überlegte eine Sekunde lang, was für ein Gesicht Roswitha wohl gemacht hätte, wenn ihr diese Mitteilung zu Ohren gekommen wäre. Dr. Schwabe hingegen ließ dieser Gedanke völlig kalt. Schließlich konnte Gábor Rózsa im Rahmen seiner Legende behaupten, was ihm in den Kram paßte. Sein Leben war ein unbeschriebenes Blatt – Joli würde alles bekommen, was sie hören wollte. Außer Gábors Vorliebe für die Ostsee bei Warnemünde und die klassische Musik durfte sie über ihn wissen, daß er einen unbändigen Appetit hatte und doch nie zunahm. Sein Körper war gut proportioniert, das Haar schütter, aber kaum grau. Seine Oberarme und der muskulöse Brustkorb waren behaart, die Hände waren warm und trocken, und im Bett verhielt er sich wie ein Pubertierender, der zum ersten Mal eine Frau umarmte.

Rózsa begann zwischen zwei Gläsern Wein zu rauchen. »Gábor!« rief die Frau aus. »Du hast mir gar nicht gesagt, daß du Zigarren rauchst. Und dann noch made in Brazil! Die riecht wirklich gut.« Dann lachte sie hell auf und drohte ihm scherzhaft mit dem Finger: »Mein Lieber, du hast Geheimnisse! Vielleicht bist du gar nicht der, für den du dich ausgibst.«

Es war bereits fast Mitternacht, ein gnädiges Halbdunkel. Zum Glück konnte Joli nicht sehen, wie Josef Klempner erbleichte.

Hauptmann Klempner saß am Donnerstag nachmittag in gedrückter Stimmung vor dem Telexgerät. Soeben hatte er die beiden Charakteristiken über Tamara und Juan an Major Frickhelm geschickt.

Den Jungen hatte er nicht geschont. »Einige Gespräche mit ihm haben ausgereicht, um mich zu überzeugen: ›Muchacho‹ ist kein irregeleiteter, verstörter Jugendlicher, sondern ein unerbittlicher und fanatischer Gegner unseres sozialistischen Systems. Er ist Mitglied einer negativ-feindlichen Gruppe und verleumdet unser Land sowie die Führer der Partei und des Staates. Durch sein vertrauenerweckendes Äußeres und Benehmen gelingt es ihm, vor allem unerfahrene Studenten für seine ›linken Ideen‹ zu gewinnen. Seine eingespielte Methode ist, durch Geschenke wie zum Beispiel illegal ins Land geschmuggelte Bücher und Schallplatten für die westliche Lebensweise zu werben. Neuerdings bringt er einen Fotoapparat mit, um seine Begegnungen mit Jugendlichen festzuhalten, deren ›Ansichten‹ den seinen ähneln. Es ist nicht auszuschließen, daß er von Zeit zu Zeit auch Objekte aufnimmt, deren Bekanntwerden vom Sicherheitsgesichtspunkt aus unerwünscht ist. Vorschlag: ›Muchacho‹ soll die Einreise in unsere Republik demnächst verweigert werden.« Unterschrift: »El Padre«.

Der Bericht über die Tochter fiel hingegen günstig aus. »Muchacha« sei achtzehn Jahre alt und habe soeben ihr Abitur mit Auszeichnung in der POS Kurt Tucholsky bestanden. Sie habe den Wunsch, Medizin zu studieren. Trotz ihrer zeitweiligen Schwankungen befinde sie sich auf dem besten Wege, zu einer verantwortungsvollen Genossin mit positiver Moral zu werden. Der Verfasser sei sicher, daß es ihr gelingen werde, durch Studium und Arbeit schon bald ihre altersbedingte Naivität und Unsicherheit zu überwinden. Vorschlag: Nach der Beseitigung des Feindeinflusses seitens des »Muchacho« könnte der Genosse Major in einem gelenkten persönlichen Gespräch mit »Muchacha« alle offenen Fragen bereinigen. Damit käme der OV »Venceremos« zu einem befriedigenden Abschluß.

Einfach schrecklich, dachte Hauptmann Klempner. Vor seinem inneren Auge erschien Tamara, aber nicht als junge Frau, sondern er sah das pummelige dreijährige Mädchen mit den roten Bäckchen, das er gerade aus dem Kindergarten des MfS abgeholt hatte. Sie gingen über die Karl-Liebknecht-Straße, Tamara plauderte unentwegt und war von allem, was sie sah, begeistert – vom Himmel, den Häusern und den Passanten. Auf dem Alexanderplatz blieben sie vor der neu errichteten Weltzeituhr stehen. Die Kleine drückte ihren Kopf an seinen Bauch, umklammerte mit unwahrscheinlicher Kraft sein Bein und schrie: »Das ist meiner! Das ist meiner!«, als habe jemand versucht, ihr den Vater wegzunehmen. Das war im Mai 1974, ringsherum Musik, Tanz und Volkstrachten – die Jugend der Welt traf sich in der Hauptstadt der DDR.

Schmerzhaft, beinahe bedrückend war diese Erinnerung, wie alles, was vor dem November 1988 geschehen war. Seine Welt würde versinken und Klempner mit ihr. Nur war noch nicht ganz klar, wann dies geschehen würde. Wie viele Berichte dieser Art würde er noch schreiben müssen, obwohl er das nicht mit seinem Gewissen vereinbaren konnte? Außerdem würden alle Berichte, Charakteristiken und Vorschläge nicht mehr das Geringste am Lauf der Dinge ändern. Vielleicht können wir diesen Sommer noch überleben, dachte Klempner, aber den nächsten auf keinen Fall.

Plötzlich mußte er an den Oberkellner »Géza« denken. Ihm hatte ja das ungarische Bruderorgan versprochen, daß er im nächsten Sommer im Berliner Restaurant »Budapest« arbeiten dürfe. Das wäre für »Géza« eine großartige Chance gewesen, Geld zu verdienen. Er konnte mit seinem ungarischen Paß ungestört nach Westberlin reisen, dort Waren einkaufen, massenhaft Mangelwaren, um sie bei passender Gelegenheit wieder zu verkaufen. Auch den Handel mit Devisen hätte er aufblühen lassen können. Armer IM »Géza«, lächelte

Klempner bitter, wie sehr er doch auf die Sommersaison 1990 vertraute!

Das Schicksal des Staates und auch das eigene waren also besiegelt. Trotzdem mußte er auf seinem Posten so arbeiten, als würde das alles noch hundert Jahre dauern. Wie Frickhelm zu sagen pflegte: »Über die Zukunft grübeln wir nicht, Genossen, wir arbeiten daran.« Wenn Klempner darüber nachdachte, was in den nächsten Monaten theoretisch alles passieren konnte, dann war sein Platz doch im Pionierlager Zánka, als Flüchtling. Aber wovor sollte er fliehen? Und vor allem: Wohin?

Und Joli? Was sollte aus dieser unverantwortlichen, verrückten Beziehung werden – nicht in ferner Zukunft, sondern bereits in der nächsten Woche, wenn der intrigante und wachsame Leutnant Bönicke mit irgendwelchen neuen Instruktionen aus der Zentrale zurückkam? Bis dahin blieben immerhin noch drei Tage. Am Wochenende würden Jolán und Gábor nach Héviz und Keszthely fahren und auch dort übernachten, ihr erstes Wochenende und letztes zugleich. Ja, das war Josef Klempners intensivste und kürzeste Liebesbeziehung, die einzige, in der er gelernt hatte, sich wenigstens körperlich nackt zu zeigen. Am Sonntagabend würden sie dann Abschied voneinander nehmen. Spätestens dann mußte er die Wahrheit sagen, er durfte diese unglückliche junge Frau nicht mehr an der Nase herumführen.

Den Freitag verbrachte Dr. Schwabe in Füred. Zum Mittagessen traf er im Weinkeller Muskat den IM »Literat«. Er hatte ihm einen Auftrag der Hauptabteilung Kultur zu übermitteln: IM »Literat« sollte das Künstlerhaus in Szigliget besuchen, wo aufgrund eines zwischenstaatlichen Abkommens zwei Autoren aus der DDR gerade ihren Urlaub verbrachten. Er sollte mit ihnen reden – als Kollege würde ihm das keine Schwierigkeiten bereiten – und ihre Eindrücke vom ungarischen Literaturmilieu erfragen. Vielleicht konnte er sogar gezielt Erkundigungen über feindlich eingestellte Autoren einholen. Noch besser aber wäre es, wenn es ihm gelänge, deutsch sprechende ungarische Autoren zu befragen.

IM »Literat« schien von dem Auftrag nicht gerade begeistert. In aller Länge und Detailversessenheit erläuterte er, gerade an einer wichtigen Reportage für die »Junge Welt« zu arbeiten. Politisch sei es sehr bedeutsam, gerade jetzt zu zeigen, daß unsere Jugendlichen sich von den wilden Gerüchten über die angebliche Fluchtbewegung keineswegs beeindrucken ließen. Vielmehr seien sie nach Ungarn gekommen, um sich hier zu erholen und dann mit den neu gewonnenen Energien in Studium und Arbeit der Republik nützlich zu sein.

Hauptmann Klempner hörte gelangweilt zu. Wen interessierte es schon, was und wo dieser Mensch lügen würde? Die Situation war im Grunde doch völlig klar: Die eine Seite übermittelte einen Auftrag, die andere hatte ihn anzunehmen. Dr. Schwabe lobte mit lauwarmer Höflichkeit die guten Absichten des IM »Literat« und betonte, daß die Zentrale auf seine profunden Ortskenntnisse und präzise Berichterstattung auch diesmal nicht verzichten konnte.

IM »Literat« nickte lustlos, dann bekannte er Farbe. »Es ist nämlich so, Herr Doktor«, sagte er mit gepreßter Stimme, »daß ich mich augenblicklich in einem finanziellen Engpaß befinde. Könnte ich nicht einen kleinen Vorschuß bekommen?« Du elender Schnorrer, du beschissener Schreiberling, du, zischte es im Kopf des Hauptmanns Klempner. So seid ihr alle, ihr verdammtes Gesindel. Zuerst Lobgesänge auf die Volksmacht, dann Westpublikationen und Ausreiseantrag. Das einzige, was ihr könnt, ist, die Hände nach Geld auszustrecken. »Ich verstehe«, sagte Dr. Schwabe, »aber leider sind meine Möglichkeiten, Ihnen zu helfen, sehr begrenzt.« Und er blätterte eintausendfünfhundert Forint auf den Tisch. Auf der Quittung, die der IM »Literat« unterzeichnete, stand als Begründung: »Extraordinärer überörtlicher Kostenzuschuß.«

IM »Literat« war glücklich über die unerwartete Prämie. »Dann also bis Montag mittag, am besten wieder hier, Herr Doktor.« Und er wischte sich mit der Serviette den Mund ab.

Mit IM »Géza« traf sich Dr. Schwabe vor dem Restaurant Kossuth-Quelle. Sie schlenderten zusammen bis zum Ufer und wieder zurück. Der Ober erhielt den Auftrag, herauszufinden, auf welchem Campingplatz eine bestimmte Leipziger Dixielandgruppe spielen und übernachten würde. Zwei Mitglieder der Zentrale glaubten aus zuverlässiger Quelle zu wissen, daß sich die Musiker in der Budapester BRD-Botschaft westdeutsche Reisepässe besorgt hatten.

IM »Géza« zögerte ein Weilchen und fragte dann in leidlichem Deutsch, ob das Geschäft noch gelte – ob er mit seiner Entsendung ins Restaurant »Budapest« für den nächsten Sommer weiterhin rechnen könne. »Denn hier herrscht ein Tohuwabohu ohnegleichen, mein Herr! Ein wahrhaftes Bordell ist das hier. Und wer weiß, was die Zukunft bringt.« Dr. Schwabe versicherte ihm, daß sich sein Antrag in guten Händen befinde. Das Ministerium für Lebensmittelindustrie der DDR werde die Sache wohlwollend entscheiden. Und er fügte mit weisem Lächeln hinzu: »Über die Zukunft wird nicht gegrübelt, sondern es wird daran gearbeitet!«

»Das beruhigt mich ungemein!« lächelte IM »Géza« dankbar. »Unsere Leute hier masturbieren nur herum, Herr Doktor. Aber die deutsche Präzision – darauf kann sich einer verlassen.« Er schnalzte mit der Zunge. »Ich liefere den ostdeutschen Genossen eine Information, nach der sie sich alle zehn Finger lecken werden. Denn ich kenne hier alles und jeden.«

Das stimmt, dachte Hauptmann Klempner. Den Berichten von »Géza« kann man immer vertrauen. Er serviert sie ebenso einwandfrei wie Fischsuppe oder gefüllte Kalbsbrust.

Als wolle er seinen findigen Geist belegen, fügte IM »Géza« augenzwinkernd hinzu: »Erlauben Sie mir, etwas Persönliches anzumerken, Herr Doktor. In den letzten Tagen hatte ich zufällig zwischendurch frei, und ich habe den Film *Gefährliche Liebschaften* gesehen. Was für süße Titten, mein Gott! Wahrhaft gefährlich! Und wen sehe ich im Freilichtkino? Den Genossen Dr. Schwabe mit einem blutjungen Weibsbild! Ich wollte Sie nicht stören. Alle Achtung, Genosse Doktor! Eine entzückende Frau!«

Auf der Stirn von Hauptmann Klempner bildeten sich Schweißperlen.

An der Rezeption des Hotels Thermal in Héviz sagte Gábor Rózsa sichtlich verlegen zu seiner Freundin:

»Liebling, ich habe aus Versehen meinen Ausweis in Füred gelassen. Sei bitte so nett und trag das Zimmer auf deinen Namen ein. Die Kosten übernehme selbstverständlich ich!« Natürlich wäre ohne Vorbestellung kein Zimmer für sie frei gewesen – Dr. Schwabe hatte aber ohne Jolis Wissen am Vortag telefonisch reserviert, und zwar mit der Zauberformel: »Bestellung des Fremdenverkehrsbüro der DDR.«

Später stießen sie in der Bar mit dem Leiter des Jugendreisebüros Expressz zusammen. »Ach, Dr. Schwabe!« rief der Ungar auf deutsch aus, »so eine angenehme Überraschung! Habe ich etwa das Glück, Ihre Gattin kennenlernen zu dürfen?« Er erhob sich von seinem Tisch und eilte mit ausgestreckten Armen auf Dr. Schwabe zu. Hauptmann Klempner verließ sich auf seine Intuition, in seinem Gesicht strafften sich die Muskeln. »Nix deitsch!« Er hob protestierend beide Hände und sah seinem Gegenüber streng in die Augen. Ich bin inkognito hier, sagte sein Blick. Der andere verstand sofort. »Ach, verzeihen Sie bitte die Verwechslung«, sagte er langsam und maß mit gierigem Blick die hübsche Frau, mit der Dr. Schwabe sich die arbeitsame Zeit am Balaton als Strohwitwer versüßte.

Gábor Rózsa konnte sich erst nach dem zweiten Campari wieder beruhigen.

Am Sonntag mittag kamen sie nach Keszthely. Der rote Lada des Dr. Schwabe blieb vor dem Tor des Schlosses Festetich stehen. Joli hielt plötzlich einen Fotoapparat in der Hand. »Gábor?« sagte sie, und der Angesprochene wandte sich zu ihr um. »Schau in die Linse!« sagte sie. Erschrocken hielt Klempner die Hand vor das

Gesicht. »Nein!« schrie er auf, als habe man einen Revolver auf ihn gerichtet. »Warum denn nicht, Gábor?« fragte Joli verständnislos. »Einfach nur, weil ...«, stammelte Rózsa, »ich ... ich bin nicht fotogen. Auf Fotos sehe ich immer schrecklich aus.« – »So ein Unsinn!« lachte die Frau. »Wenn du dir allein nicht gefällst, dann müssen wir eben zusammen aufs Bild. Wir bitten jetzt diese Japaner dort, ein paar Fotos von uns zu schießen.« Und sie war bereits auf dem Weg zu einem japanischen Touristen.

Mindestens zehn Aufnahmen wurden von ihnen gemacht – hinter ihnen das schmiedeeiserne Tor und der Schloßpark. Sie hielten sich umarmt und hatten ein entrücktes Lächeln auf den Gesichtern. Gábor Rósza hatte für sich beschlossen, daß nichts mehr im Leben wichtig war als dieser eine Moment. Und dem Hauptmann Klempner war es im letzten Augenblick gelungen, Joli weiter zu schieben, damit wenigstens der rote Lada nicht im Bild festgehalten wurde.

»Ort der Sendung: Balatonfüred. Zeit: Sonntag, 23.54. Wegen Betriebsstörung Sendung verspätet. IM ›Literat‹ und IM ›Géza‹ Auftrag erhalten. Im Operationsgebiet keine besonderen Vorkommnisse. Botschaft Zentrale bezüglich Ankunft Ltn. Bönicke am Montag dankend erhalten, Hptm. Klempner.«

Vor Füred tankte ich an einer Shell-Tankstelle den Lada wieder auf. Inzwischen war mir speiübel, Hugo, das kannst du glauben. Joli hatte ich gesagt, daß ich am Abend mit der Vorbereitung auf eine Reisegruppe beschäftigt sein würde. Nun sollte ich sie zu ihrem Untermietszimmer bringen. Bevor wir in die Stadt hineinfuhren, bat sie mich, noch einige Minuten mit ihr im Auto sitzen zu bleiben.

So saßen wir schweigend im Lada, auf dem Parkplatz der Tankstelle. Sie legte ihren Kopf auf meine Schulter. »Gábor«, hauchte sie und sah mich entzückt an. Dann noch einmal: »Gábor …«

Jetzt ist es am schönsten, dachte ich, wie im Kino. Jetzt müssen wir aufhören.

»Joli«, sagte ich nach längerer Pause. »Ich muß dir was sagen. Ich heiße gar nicht Gábor.«

Spaziergang 6

Keine Angst, Hugo, du kannst diesen Aufzug ruhig betreten. Er ist völlig neu, von Flohr Otis, Baujahr 1994. Alles Chrom, siehst du? Kann sein, daß der alte schöner war, aber die Instandhaltung gehörte nicht zu den stärksten Seiten unserer Republik. Weißt du noch, wie oft der Lift kaputt war? Wir waren auf der fünften Etage, drückten den Knopf wie verrückt, aber der Fahrstuhl war in der zehnten steckengeblieben. Nicht einmal mehr ein funktionierendes Lämpchen, und der Monteur Lichtjahre entfernt. Da sind wir doch lieber gelaufen. Und in jedem Stockwerk hast du zwei Sekunden lang vor dem Aufzug verharrt, als wolltest du sagen: Na, vielleicht kommt er doch noch?

So ein Hundegedächtnis ist seltsam. Du erinnerst dich an eine Reihe von Dingen, die es gar nicht mehr gibt. An der Ecke Landsberger Allee war eine Konditorei, die auch Eis hatte, und du Schleckermaul hast natürlich von meinem Eis immer ein bißchen was abgekriegt. Heute bleibst du jedes Mal vor dem Laden stehen, obwohl hier seit Jahren Döner verkauft wird! Vanille? Schokolade? Ach was, Hugo! Auch an Bäume, die mal gefällt worden sind, erinnerst du dich. Und willst dein Bein daran heben. Sehr erstaunlich.

Füred und seine Umgebung veränderten sich von einem Tag zum anderen. Der Lärmpegel wurde immer höher. Die Autos hupten lauter, die Menschen wurden aggressiver, sie standen Schlange vor den Läden, Fisch- und Langoschbuden. Das waren bereits keine Schlangen mehr, sondern ungeordnete Menschenansammlungen. Die Südbahn spie Hunderte von Passagieren aus, die Bahnstation füllte sich stündlich immer wieder neu mit Leuten, die einen sächsischen Akzent hatten, auf dem Weg in die Stadt bildeten sich zu unerwarteten Zeiten Staus. Am Strand tönte aus einem Lautsprecher unentwegt wie in einer Endlosschleife das Lied: »Don't worry, be happy.« Jedesmal, wenn ich es höre, fällt mir der Weltuntergang ein.

Die zweite Anreisewelle fiel bereits mit dem Schulbeginn in der DDR zusammen. Um so auffälliger war es, daß sich unter den Balaton-Pilgern so viele Jugendliche und Familien mit schulpflichtigen Kindern befanden. Auch ohne Agenturberichte wußte ich, daß alle auf etwas warteten, und man konnte wohl ahnen, worauf. Das Pionierlager Zánka mit seinen 3000 Plätzen erwies sich bald als zu eng für unsere Bürger. Dreimal so viele strandeten neben dem Zaun oder am Ortsrand des benachbarten Balatonakali. Wer es sich leisten konnte, weil er schwarze D-Mark oder damit gekaufte Forint besaß, der wartete auf einem Campingplatz oder in einem Motel auf den Augenblick, der nicht mehr weit sein konnte.

Unsere Zentrale in Berlin ließ sich davon nicht beeindrucken. Auf einer Konferenz in Siófok erhielten wir die Instruktion von Oberst Zentner, daß unsere Hauptaufgabe nach wie vor die Spionageabwehr und die Verhinderung des organisierten Menschenhandels sei. Er forderte uns auf, rechtzeitig den Einsatzplan unserer Agenten für die nächste Saison vorzubereiten. Sommer 1990? Hauptmann Kuschel, der operative Leiter von Keszthely, und ich schauten uns entgeistert an. Wo würden wir uns im nächsten Sommer wohl befinden? Während des Mittagessens rätselten wir, ob der Oberst selbst an seine Instruktion glaubte. Wohl kaum, meinte Kuschel. Es sei eher ein Überlebensinstinkt des Dienstes, der in ihm wirksam werde: Ich instruiere, also bin ich.

Auch ich funktionierte nach einem automatischen Muster. Täglich traf ich zwei oder drei Agenten und fuhr regelmäßig nach Vonyarcvashegy, Szepezd, Almádi und Fűzfő. Jeden Abend verfaßte ich einen etwa zehnseitigen Bericht, den ich mit der Hand schrieb und dann Leutnant Bönicke ins Telex diktierte. Ich versuchte, aus dem Wortschwall der übereifrigen IMs nur faktische Angaben weiterzuleiten. Den neuen Fragebogen der Firma füllte ich exakt aus, und die operativen Kosten rechnete ich genauestens ab. Je näher das Unvermeidliche heranrückte, desto hingebungsvoller und präziser leistete ich meine Arbeit.

Ich glaube, daß ich mich in dieser Zeit viel zu deutsch verhalten habe. Was schnüffelst du so angewidert? An diesem Abflußrohr gibt es nichts Besonderes. Du kannst ganz unbesorgt sein, ich hatte noch nie etwas für bürgerliche Theorien über die Volksseele übrig. Ach was! Ordnungssinn hat bei uns Tradition. Auch sinnlose Arbeit muß perfekt gemacht werden. Und die Ungarn? Die waren unvorstellbar schlampig! In ihren Berichten wimmelte es nur so von Ungenauigkeiten. Wenn sie auf Deutsch geschrieben waren, konnte man alles gleich ganz neu verfassen. Relevante Dinge wurden verschwiegen, Lappalien aufgeblasen. Bei Verhandlungen hatten die Genossen regelmäßig Schlüsseldokumente zu Hause vergessen.

Im Jahre 1982 mußte ich mal ein Dokument im Eilverfahren ins Ungarische übersetzen. Der Genosse Minister wollte es den Ungarn schicken, um sie vom Beitritt zu Interpol abzubringen. Ich habe die ganze Nacht in der Schnellerstraße über dem Text gehockt, am Morgen war mein Kopf völlig leer, die Übersetzung war sehr präzise und mit Sicherheit fehlerfrei. Per Sonderkurier ging das Papier nach Budapest. Das haben sie nie im Leben gelesen, Hugo! Sie waren nämlich zu diesem Zeitpunkt schon längst bei Interpol. Und das ging die ganze Zeit so. Sie haben die Macht einfach fallen lassen, und wir haben krampfhaft und unter Qualen versucht, sie festzuhalten.

Was ich über den Fleiß gesagt habe, gilt auch für Leutnant Bönicke. Ich habe kaum jemals einen Polizeioffizier gesehen, bei dem das Engagement für die Idee mit einem so großen Eifer und Ehrgeiz verbunden war. Das muß ich unbedingt anerkennen, obwohl er meines Erachtens seine beneidenswerten tschekistischen Tugenden für ein wenig erfolgversprechendes Ziel einsetzte und damit sinnlos verschwendete. Spätestens nach seiner Berliner Dienstreise wurde mir klar, daß er nur eine einzige neue Instruktion von der Zentrale erhalten hatte: mich zu überwachen.

Ich erwähnte bereits, daß mein Standpunkt in dieser Frage bis heute völlig eindeutig ist. Mein Leben war ein offenes Buch vor der Partei. Man konnte mich mit dem Fernrohr oder unter dem Mikroskop betrachten – es gab nicht den winzigsten Fleck auf meiner Offiziersehre. Ein anderer Gesichtspunkt ist, daß das Leben eines jeden Menschen Momente hat, die er vor den neugierigen Augen anderer Leute doch lieber schützen will. Aber schließlich konnte jeder von uns in die Sichtweite von verfeindeten Geheimdiensten geraten. Deshalb bestand das Leben der Kämpfer an der unsichtbaren Front aus einer Selbstkontrolle rund um die Uhr. Wie hat es Major Frickhelm formuliert: »Schau nach vorn, aber du mußt wissen, was hinter deinem Rücken geschieht!«

Dieser Anweisung folgte ich gegen Mitte August auf dem Rückweg von einem Treffen mit IM »Doktor«, einem Arzt aus Thüringen. Dieser war mit der medizinischen Versorgung unserer Bürger beschäftigt, die sich in und um Zánka versammelt hatten. Er stand in engem Kontakt zu den Leuten des Malteser-Hilfsdienstes und lieferte mir brühwarm wichtige Informationen. An diesem Tag hatte er mir zum Beispiel erzählt, der ungarische Ministerpräsident habe einem Budapester Vertreter des Hilfsdienstes versichert, die DDR-Bürger würden in keinem Fall ausgeliefert. Das war uns bereits bekannt. Neu aber war die Information, der Ministerpräsident habe bei einer Verhandlung in Moskau das Thema angesprochen. Gorbatschow habe darauf mit der sibyllinischen Äußerung reagiert: »Die Ungarn sind gute Menschen.« Mit dieser Sensation eilte ich nach Hause, um sie gleich an die Zentrale weiterzuleiten.

Die Arbeitsteilung zwischen Leutnant Bönicke und mir sah vor, daß er mit dem Lada zu außerörtlichen Treffen fuhr, wenn ich in Füred zu tun hatte, und umgekehrt. An diesem Tag hatte er eine Begegnung mit IM »Lotte«. »Lotte« leitete eine Urlaubergruppe in Révfülöp, die aus einem Weimarer Betrieb stammte. Wir hatten die Frau von der Abteilung Berlin-Moskau übernommen. Früher hatte sie in den »Zügen der Freundschaft« gearbeitet, doch dort mußte sie aufhören, weil sie sich auf eine Affäre mit einem russischen Zugbegleiter eingelassen hatte. Die sowjetischen Genossen kannten in solchen Dingen keinen Spaß. Ihre Versetzung hatte »Lotte« als Degradierung erlebt. Nun arbeitete sie mit unerhörtem Fleiß daran, doch noch irgendwann auf die »sowjetische Linie« zurückzukommen. Im übrigen lebte sie allein, langweilte sich, und die Arbeit für die Firma war für sie das gesellschaftliche Leben schlechthin. Intern nannten wir sie »Lotte in Weimar«.

Auf meinem Weg in die Dienstwohnung hatte ich bereits die Jókai-Straße erreicht und schaute vor der Kreuzung plötzlich nach hinten. Das gehörte zur Routine. Jetzt aber hatte ich tatsächlich etwas bemerkt, was mein Auge dem Hirn noch nicht vermittelte. Und dann sah ich es: Zwischen den Autos, die hinter dem Warenhaus Füred parkten, stand unser roter Lada – mein flüchtiger Blick erfaßte sogar die Nummer. Ich ging ohne Regung weiter. Wenn das Auto da steht, dachte ich, dann befindet sich Leutnant Bönicke in Füred und folgt mir offensichtlich wie ein Schatten. Ich bildete mir sogar ein, seine Schritte gehört zu haben.

Er kam am späten Nachmittag nach Hause und beschwerte sich über IM »Lotte«, die angeblich mit großer Verspätung zum Treffen erschienen war und nichts Relevantes mitteilen konnte. »Diese Frau kriegt in Zukunft keine FDJ-Gruppe mehr«, sagte er mit finsterem Gesicht. Abends schrieb ich meinen Bericht, der Leutnant schickte ihn ab. Dann ging ich spazieren und kehrte erst spät in die Saisonwohnung zurück. Kurz vor dem Schlafengehen nahm ich eine Flasche Kinizsi-Bier aus dem Kühlschrank. Als ich ihn wieder schloß, hörte ich das bekannte brummende Betriebsgeräusch. Aber ich hörte noch etwas, etwas Leiseres, wie Schritte und verstohlenes Knistern. Ich wandte mich spontan in Richtung Tür. Zum Glück ging ich nicht allzu nahe heran, denn in dem konkaven Guckloch erblickte ich plötzlich ein weit geöffnetes Auge. A kurva anyád, fluchte ich auf ungarisch und hätte diesem elenden James Bond am liebsten die Tür vor den Kopf geschlagen. Aber es war klar, daß er diese Art von Observation nur in höherem Auftrag betrieb.

Später war ich sehr erleichtert, daß es mir gelungen war, rechtzeitig vor Bönickes Rückkehr die Wohnung wieder in Ordnung zu bringen.

Darunter mußt du dir das Gegenteil von dem vorstellen, Hugo, was man normalerweise mit einer Wohnung tut, damit sie attraktiv ist.

Die Tischdecke ließ ich verschwinden, ebenso das bestickte Tuch, mit dem das Telexgerät verhüllt war. Die Blumen mitsamt ihren Töpfen packte ich in eine Plastetasche mit dem Aufdruck Áfész, obenauf die sechs neuen Weingläser, das Waschpulver Persil und die Palmolive-

Seife. Außerdem nahm ich aus dem Kühlschrank den in Alufolie verpackten Salatrest und versenkte alles gemeinsam in der Mülltonne hinter dem Dienstleistungskombinat. Meine neuen Jeans und die T-Shirts blieben von der Vernichtungsaktion verschont – schließlich konnte ich mir ja aus eigenem Antrieb etwas gegönnt haben.

Als ich von der Mülltonne in die Wohnung zurückkehrte, schlug mir nicht nur ungewohnter Zigaretten- und Zigarrengeruch, sondern auch das betörende Parfum entgegen, das ich, vermutlich Einbildung, an allen Möbelstücken zu riechen glaubte. Der Rauchgestank ist im Prinzip unschädlich, dachte ich mir. Wem kann man in einer solch krisenhaften gesellschaftlichen Phase verdenken, daß er zeitweise einem Laster verfällt? Vorsichtshalber riß ich alle Fenster auf und ließ sie die ganze Nacht offen. Die beiden Betten zog ich auseinander und stellte sie wieder Kopf an Kopf. Dann schickte ich mein Wochenendtelex an die Zentrale und legte mich vollkommen bekleidet auf das gewohnte Bett.

Diesmal jedoch sollte sich meine Selbstkontrolle als unvollkommen erweisen. Am Morgen erschrak ich, als ich im Kleiderschrank meine sorgfältig gebügelten Hemden erblickte. Wann bloß konnten sie aus meiner Wohnung verschwunden sein, und wann waren sie unbemerkt zurückgebracht worden? Und wann hatte Joli die Mottenkugeln in den Schrank gelegt, deren Geruch noch aufdringlicher war als der des Parfums? Während des Duschens fiel mir zudem der auffällige Glanz der Wanne auf. Auch von den drei dunklen Flecken auf dem Kühlschrank war nichts mehr zu sehen, obwohl ich sie eigentlich für Rost gehalten hatte.

Über meine Eröffnung, um nicht zu sagen Enttarnung, war Joli untröstlich. Später, als sie mit dem Weinen wieder aufhören konnte, sagte sie, das Allerschlimmste für sie sei, daß es »Gábor« nicht gab. Jeden anderen Betrug oder Verrat hätte sie leichter verschmerzen können als die Tatsache, daß dieser warme Männername mit dem dunkelbraunen Ton, den sie bei jeder Gelegenheit aussprach, um in den Klang ihre ganze Zärtlichkeit hineinzulegen – daß »Gábor« eine reine Erfindung war.

Schließlich sagte sie ganz ruhig, wenn auch von gelegentlichem Aufschluchzen unterbrochen: »Ich kann dich nicht zur Rechenschaft ziehen. Wir kennen uns doch kaum. Erzähl mir alles, was du erzählen kannst – es wird mir genügen müssen. Aber belügen darfst du mich nicht.«

Du kannst dir denken, in welcher Verlegenheit ich mich befand. Einerseits war das Angebot zu großzügig, um es abzuschlagen. Andererseits war es kaum möglich, eine Legende zu basteln, die nicht an Selbstentlarvung grenzte. Heute weiß ich, daß meine Geheimnisse bei dieser Frau am besten Ort der Welt gewesen wären – viel sicherer und geheimer als im wichtigsten Safe des Ministeriums für Staatssicherheit. Aber diese Einsicht kam mir leider viel zu spät, Hugo.

Ich versuchte so nahe wie möglich bei der Wahrheit zu bleiben. Es stimmt, sagte ich, daß ich im Fremdenverkehr angestellt bin, aber nicht in Ungarn, sondern in der DDR, deren Staatsbürger ich bin. In Ungarn bin ich geboren und wurde als Vierzehnjähriger zusammen mit meinen Eltern ausgesiedelt. Bei uns – nun konnte ich die

Republik als mein Land benennen – stehen Reisen und Urlaub unter einer hochgradigen Kontrolle. Gerade hier am Balaton sei auch deutlich zu sehen, daß es dafür besonders jetzt gute Gründe gäbe. Ich sei hier nicht allein, müsse unter Pseudonym arbeiten, und jemand von der Stasi beobachte mich unentwegt.

Am liebsten hätte ich ihr alles haarklein erzählt – vor allem, was ich meiner Tochter angetan hatte, weil mir dies keine Minute Ruhe ließ. Das wäre mir aber zu viel auf einmal gewesen und hätte alle meine Legenden zerstört. Dafür ist es noch zu früh, sagte mir eine nüchterne innere Stimme – es ist noch zu früh, ohne Geheimnisse zu leben.

»Diese Lügen über mich«, so faßte ich es schließlich zusammen, »sind aus einer Zwangslage heraus entstanden. Du hast recht, wenn du mich deshalb verurteilst. Ich habe allerdings nicht das Gefühl, daß ich in dieser Frage mein eigener Herr bin. Das kann sich jederzeit ändern, aber ich weiß nicht, wann.« Ich seufzte, für meine Verhältnisse theatralisch, und sah Joli Verständnis heischend in die Augen. »Für eine andere Lüge gibt es jedoch keine Entschuldigung: Ich bin von meiner Frau nicht geschieden – noch nicht. Aus Feigheit habe ich das verschwiegen. Es war so schön zwischen uns. Ich bin kein Mann großer Worte, aber es ist mir noch nicht viel Gutes im Leben widerfahren. Und daß wir uns getroffen haben, Joli – das war etwas Gutes.«

»Wer garantiert mir denn«, fragte sie streng, »daß du jetzt die Wahrheit sagst? Daß du morgen nicht wieder an den Strand gehst und einem unglücklichen Weibsbild den Kopf verdrehst? Dich verstellen, das kannst du! Ich bin Feri, ich bin Zoli, ich bin Marci!« Ihre wundervollen Augen waren dunkel vor Zorn.

Sie ist eifersüchtig! Ein warmer Strom durchlief meinen ganzen Körper. Ich wußte nicht, was ich in dieser Lage anstreben sollte, ob ich überhaupt noch eine Chance bei ihr hatte. Aber diese Eifersucht machte mich glücklich wie ein Kind. »Joli«, flehte ich, »schau mich doch bitte an! Was siehst du? Ich bin alt und häßlich, langweilig bin ich sowieso, Worte habe ich auch nicht. Gehemmt bin ich wie ein Schüler, das hast du selbst gesagt. Ich schwöre dir, du bist die erste Frau meines Lebens!« Verdutzt hielt ich inne, denn plötzlich sah ich Roswithas Gesicht vor mir. »Entschuldigung«, sagte ich, »die zweite natürlich.«

Ich muß in diesem Moment ziemlich albern ausgesehen haben, denn Joli lachte plötzlich hell auf. Das klang so befreit, daß man sich kaum vorstellen konnte, wie sie soeben noch geschluchzt hatte, ihr Gesicht in den Händen vergraben. »Siehst du, das glaube ich dir auf Anhieb. Weißt du, Gá…« Sie biß sich auf die Unterlippe und beendete unser Gespräch mit den Worten: »Das ist alles zu viel für mich. Ich muß nachdenken. Ich liebe dich, aber ich habe mir die Pfoten verbrannt. Meine Saison endet am 25. August. Komm in der letzten Woche im Laden vorbei, ich möchte mich von dir verabschieden.«

Ich wette, Hugo, du möchtest, daß ich die Affäre mit Joli jetzt zu Ende erzähle. Das bringt zwar die Reihenfolge der Ereignisse durcheinander, aber ich tue es trotzdem.

Am Donnerstag, dem 24. August holte ich sie nachmittags am Las Vegas ab. Vorn im Laden war der Chinese mit dem Verkauf beschäftigt, während sie sich hinten der Endabrechnung widmete. Wir gingen in das Espresso gegenüber. Es hieß Hundeblume oder Tulpe, das habe ich vergessen.

»Leider habe ich keine Zeit«, sagte sie. »Ich habe dir etwas mitgebracht.« Sie kramte in ihrer Handtasche, fand als erstes eine Visitenkarte mit ihrer Adresse in Győr, dann die Fotos aus Keszthely und schließlich einen Band mit Gedichten von Petőfi.

»Ich habe nichts mitgebracht«, entschuldigte ich mich. Ich konnte kaum reden, etwas drückte mir auf die Kehle. Nein, Hugo, weinen kann ich sowieso nicht. Ich hatte in dieser Zeit einfach zu viel geraucht.

»Alles kein Problem«, beruhigte mich Joli und fügte bedeutungsvoll hinzu: »Ich habe dich noch nicht endgültig aufgegeben. Der Ball ist aber bei dir. Melde dich, wenn deine Lage übersichtlicher wird. Auch solltest du genau wissen, wer du bist.« Dann stand sie auf, küßte mich auf die Wange – ihr Parfum hatte ich noch tagelang in der Nase – und verließ leichten Schrittes das Espresso.

Ich wollte nicht gleich nach Hause, nicht in die Saisonwohnung, wo Leutnant Bönicke mit seiner unerschöpflichen Neugier auf mich wartete. Zuerst schaute ich mir kurz die Fotos an, steckte sie dann schnell ein und legte den Petőfi-Band auf den Tisch. Es war eine einfache Ausgabe, auf dem Titelbild die einzige Aufnahme, die man zu Lebzeiten von dem Dichter gemacht hatte, allerdings stark retuschiert. Er hielt den Kopf etwas schief und schien mich anzublicken. Ich öffnete das Buch dort, wo zwischen zwei Blättern ein silbernes Lesezeichen herausragte. Mein Blick fiel auf folgende Zeilen:

Bist du als Mann geboren,
dann wank und schwanke nicht
bei jedem Schlag des Schicksals
gleich einem feigen Wicht.
Das Schicksal ist ein Kläffer,
der schnell den Schwanz einzieht,
wenn man ihm unerschrocken
fest in die Augen sieht.

Joli habe ich nie mehr wiedergesehen. Später, als die Zeiten für mich noch schwieriger wurden, begann ich einen Brief an sie zu schreiben. Dieser Brief wurde niemals fertig.

Dabei war ich zu dieser Zeit sowohl dienstlich als auch familiär schon absolut vogelfrei. Ich hätte also jederzeit mit Joli Kontakt aufnehmen können. Nur konnte ich mir die Szene unserer Begegnung überhaupt nicht vorstellen: Ich steige in Győr aus dem Zug. Joli kommt mir entgegen, vielleicht küssen und umarmen wir uns. Dann sage ich: »Josef Klempner«. Wie ich diesen Namen hasse, Hugo! Selbst »Dr. Helmut Schwabe« klingt noch besser für mich.

Leutnant Bönicke ging mir allmählich auf die Nerven. Vom frühen Morgen bis zum späten Abend war er mir auf den Fersen. Er klopfte in den überraschendsten Augenblicken bei mir an. »Genosse Hauptmann«, sagte er etwa mit honigsüßer Fistelstimme, »ich fahre zu

›Lotte‹. Wir müssen noch kurz etwas bereden. Dieser Campingplatz in Révfülöp ist ein konterrevolutionäres Nest.« Und schon stand er in meiner Wohnung und schaute sich mit unverhohlener Neugier um. Ein andermal stand er auf der Straße plötzlich vor mir. »Genosse Hauptmann!« rief er aus, »ich brauche deine Hilfe. Die Zentrale hat mich gebeten, über die Ziegenklauen-Affäre zu berichten.«

Das war ein reiner Vorwand. Die Ziegenklauen-Legende war bei näherem Hinsehen genauso unbedeutend wie das Echo von Tihany, dem IM »Kurt Fink« vergeblich den großen Faustmonolog vorgetragen hatte. Die kleinen versteinerten Muscheln vom Grund des Balaton, die man Ziegenklauen nennt, wurden von Zigeunerkindern am Strand verkauft, und sie erzählten dazu die Mär von der goldhaarigen Königstochter, deren Tränen zu Stein geworden waren. Aber die Steinchen waren sehr selten. Ein Arbeitskollektiv aus Pirna wollte dem abhelfen und stellte die Tränen aus Kunststoff her, schmuggelte sie über die Grenze und bot sie Westreisenden gegen Devisen an. Unter Sicherheitsaspekten war dies wahrlich eine Lappalie, und ich hatte starke Zweifel, daß die Zentrale ausgerechnet diese Affäre aufwärmen wollte.

In der Nacht der Grenzöffnung bei Sopron weckte mich Bönicke mit hysterischem Dauerklingeln. »Genosse Hauptmann!« stieß er erregt hervor, »laß uns die Glotze einschalten! Es gibt eine Sondersendung im ungarischen Fernsehen!« – »Woher weißt du das, Genosse Leutnant?« fragte ich betont gelangweilt. »In jeder Kneipe läuft das, alle sitzen davor. Aber ich brauche dich zum Übersetzen!« Klar, dachte ich. Du sammelst meine Kommentare ein und übermittelst sie bei passender Gelegenheit der Zentrale. Ich schickte ihn wieder ins Bett.

Am nächsten Tag verwickelte er mich in ein höchst seltsames Gespräch. Angesichts der komplizierten Lage, sagte er, sei es doch Zeit, daß der Genosse Honecker die Geschäfte abgebe. Wenn er sich dagegen sträube, gäbe es altbewährte Methoden. Der gesunde Kern der Parteiführung könnte die Kontrolle übernehmen und mit unserer Hilfe statt des handlungsunfähigen Generalsekretärs Ordnung schaffen. Und er fügte komplizenhaft hinzu: »Das ist übrigens auch die Meinung des Majors Frickhelm. Der wäre sicherlich froh, in dir einen Gesinnungsgenossen zu finden. Denn Gustav«, er sprach den Namen geradezu mit Ehrfurcht aus, »liebt dich, Genosse Hauptmann, wie seinen eigenen Sohn.«

»Genosse Bönicke«, wehrte ich die plumpe Provokation ab, »ich muß dich entschieden zur Ordnung rufen. Ich bin, vereinfacht gesagt, nichts als ein treuer Hund der Partei. Ob ich Wachhund oder Blindenhund bin, müssen ausgerechnet wir beide nicht diskutieren. Aber wer hat schon davon gehört, daß ein Hund seinen Herrn ablöst?«

Damals habe ich wirklich noch so gedacht, Hugo. Ohnehin bezweifelte ich, daß Major Frickhelm sich an solchen Machtspielen beteiligte. Ich kannte seine Denkungsart besser, als Bönicke ahnte. Frickhelm wußte genau, daß ein Putsch zu diesem historischen Zeitpunkt etwa so nützlich sein konnte wie eine Kompresse für einen Toten.

Gegen Ende August fiel mir auf, daß der Leutnant sich nicht mehr so ins Zeug legte, um gemeinsam mit mir fernzusehen oder aus sonstwelchen Gründen meine Wohnung zu betreten. Ich ahnte, daß er diese Inspektionen inzwischen ohne mich erledigte. Mein Schlüssel bewegte sich schwerer im Schloß, als hätte jemand mit aller Kraft und viel Ungeschick versucht, die Tür zu öffnen. Im Zimmer hatte ich das unbestimmte Gefühl, es sei jemand in meiner Abwesenheit dort gewesen. Natürlich konnte ich nichts beweisen, und ich beschloß, dem Leutnant eine Falle zu stellen.

Eines Morgens nahm ich etwa drei Dutzend Geheimdokumente aus dem Safe. Ich breitete sie auf dem Tisch und den Stühlen aus, als hätte ich soeben mit ihnen gearbeitet. Auf jedes dritte Blatt legte ich einen Beschwerer – ein Buch, eine Tasse, einen Füllhalter und sogar meine Dienstpistole. Ich schrieb mir genau auf, wie die Dokumente lagen und was ihr Gegenstand war. Dann klopfte ich bei Bönicke an: Ich müsse dringend sofort ins Polizeipräsidium, der ungarische Kontaktoffizier wolle mit mir eine Lagebesprechung abhalten, und vor ein Uhr mittags würde ich kaum zurück sein.

Sicherheitshalber blieb ich bis drei Uhr in der Stadt. Nach Betreten meiner Wohnung galt mein erster Blick den Papieren. Sie waren scheinbar unberührt, lagen ebenso schief herum wie am Morgen. Als ich jedoch aufgrund meines Notizbuches die Reihenfolge der Schriftstücke in einem Stapel kontrollierte, merkte ich, daß diese nichts mit der ursprünglichen Version zu tun hatte. Zweifellos hatte Leutnant Bönicke den Haufen abgetragen, die Blätter dann aber nicht wieder in der ursprünglichen Folge übereinandergelegt.

Offensichtlich war seine Selbstkontrolle auch sonst völlig aus den Fugen geraten, denn er hatte einen Kunstfehler erster Ordnung begangen: Unter dem Tisch entdeckte ich eine ordinäre Briefmarkenlupe. Fast alle hatten wir sie als Geschenk vom sowjetischen Bruderorgan bekommen, sie half manchmal beim Lesen von handgeschriebenen Texten.

Nun ist das Maß voll, dachte ich. Jetzt ist die Reihe an mir. Der Leutnant lag mir im Magen, aber mehr noch seine Auftraggeber. Ich überlegte, in welcher Form und bei wem ich mich über die niederträchtige Bespitzelung beschweren könnte. Was dachten sich eigentlich diejenigen, die einen solchen Befehl erteilten? War die Situation etwa so stabil, daß es für solchen Quatsch noch Zeit und Energie gab?

Die Lösung ergab sich wie von selbst. Zwei Tage später überbrachte mir Leutnant Bönicke die Blitznachricht, wir hätten den Auftrag, heute Major Frickhelm vom Bahnhof abzuholen. Es hieß, unser Vorgesetzter wolle das ihm anvertraute Operationsgebiet inspizieren.

Ja, Hugo, man sprach von »Operationsgebiet«, und das war keine leere Phrase. In Wirklichkeit waren wir alle Soldaten. Sogar im Verteidigungsministerium arbeiteten zivile Angestellte, aber nicht bei uns. Jede Putzfrau, jede Küchenhilfe hatte mindestens den Rang des Gefreiten. Auch die Subordination war dieselbe wie in der Armee. Man konnte dem Befehlshaber auf seine Frage hin vorsichtig die eigene Meinung mitteilen, aber es war untersagt, mit ihm zu polemisieren. Es wäre mir auch niemals eingefallen, mit Gustav Frickhelm zu diskutieren, obwohl unser Verkehr freundschaftlich und persönlich war.

»Wir haben das Saisonende am Hals, Genossen«, sagte er, als wir uns auf Stühlen im Park am Heilplatz niederließen. Das Wort »Saisonende« sprach er mit einem gewissen Nachdruck aus.

»Es ist überflüssig, ausgerechnet Ihnen die Lage zu erörtern«, fuhr er fort, »Sie haben ja alles direkt selbst erfahren. Hinzuzufügen bleibt nur, daß die Ungarn ihre Westgrenze am 10. September uneingeschränkt öffnen. Das wird das Interesse unserer Bürger für Ungarn selbstverständlich erhöhen. Nach unseren vorläufigen Hochrechnungen wollen ungefähr sechzigtausend Personen diese Möglichkeit wahrnehmen.«

»Warum läßt man sie einfach gewähren, Genosse Major?« brach es aus Leutnant Bönicke heraus. »Man muß die Visaerteilung schleunigst einstellen! Man braucht einen Erlaß, daß DDR-Bürger nur in zuverlässige Länder reisen dürfen!«

»Zuverlässige Länder?« Frickhelm lachte bitter auf, und in seinem Gesicht zuckte es. Später merkte ich, daß sich dieses Zucken mit gewisser Regelmäßigkeit wiederholte und daß außerdem selbst im Sitzen seine Beine leicht zitterten. »Sie sagen zuverlässige Länder? Kennen Sie ein solches Land? Na gut, die Tschechoslowakei – vorläufig noch. Und Polen? Es hat keine gemeinsame Grenze mit dem Westen, ist allerdings noch viel schlimmer. In die Sowjetunion gibt es nur Gruppenreisen, das ist für viele Bürger nicht attraktiv. Bulgarien ist weit weg, und über Rumänien reden wir besser nicht. Außerdem will außer ein paar Rucksacktouristen niemand dorthin. Was bleibt also übrig? Kuba ist in der Tat zuverlässig – das Land wird nicht von Muttersöhnchen regiert. Es ist aber schwer, mit einem Trabant hinzufahren. Und das Flugzeug macht Zwischenlandung in Kanada.«

»Dann muß man eben alles dichtmachen!« Der Leutnant wurde immer heftiger. »Man muß von innen heraus Ordnung schaffen! Internierungslager! Verdächtige Elemente einsammeln! Es gibt doch gar nicht so viele. Man braucht Mut, revolutionäre Entschlossenheit. Und wenn es sein muß, Feuer eröffnen! Ja, ja!« Er steigerte sich in Hysterie. »Schießen muß man! Schießen, wenn gutes Zureden nichts mehr hilft!«

Ich ärgerte mich über dieses verantwortungslose Gerede. Am liebsten hätte ich ihn zur Ordnung gerufen, denn eigentlich war ich sein Vorgesetzter. Frickhelm reagierte jedoch gelassen auf Bönickes Revoluzzerphrasen. Dann wechselte er das Thema:

»Na, und was tut sich am Ufer des ungarischen Meers? Wie sehen Sie die Lage, Genosse Hauptmann?«

Jetzt schlage ich zu, dachte ich.

»Die Lage ist in jeder Hinsicht besorgniserregend, Genosse Major«, begann ich im Stil einer Berichterstattung. »Der Eindruck, den Sie von Berlin aus gewonnen haben, ist durchaus zutreffend. Zudem kommt es mir so vor, als ob irgendein Geheimdienst mir ständig auf dem Fersen ist.« Leutnant Bönicke begann die Vögel zu beobachten.

»Das ist erstaunlich!« rief mein Vorgesetzter mit ehrlicher Verwunderung aus, und als er sich an mich wandte, bemerkte ich wieder das Zucken in seinem Gesicht. Mit einigem Sarkasmus sagte er: »Immerhin findet uns der Klassengegner noch interessant. Erzählen Sie Näheres, Klempner.«

»Sie wissen, Genosse Major«, sagte ich, »daß mir jeder Verfolgungswahn fremd ist. Wenn ich zum Beispiel im Guckloch an meiner Tür ein Auge sehe, dann will ich es erst mal nicht glauben. Oder wenn ich am Morgen meine Tür öffne und im gleichen Moment am Ende des Korridors eine Tür zuschnappt, dann schiebe ich das erst mal auf meine angespannten Nerven.«

Leutnant Bönicke rutschte auf seinem Stuhl hin und her und hielt dabei seine Hand in der Jackentasche, als würde er fieberhaft etwas suchen. Frickhelm wußte bereits, worauf ich hinauswollte, und bemerkte verärgert: »Was sind das für Scherze, Genosse Hauptmann! Kommen Sie zum Wesentlichen!«

»Das Wesentliche habe ich in der Hosentasche«, sagte ich mit gespielter Feierlichkeit wie ein Inspektor im Krimi. Dann holte ich die Lupe heraus. Bönicke saß gekrümmt auf seinem Stuhl, und auch der nervöse Tick des Majors schien ihn angesteckt zu haben. Frickhelm betrachtete die runde, zusammenlegbare Lupe, auf deren schwarzem Deckel die Turmuhr des Kreml mit dem fünfzackigen Stern zu sehen war.

»Tja«, bemerkte er. »Selbstkontrolle ist niemals überflüssig.« Er warf dem Leutnant einen kurzen, giftigen Blick zu, und es war klar, daß er ihm unter vier Augen gründlich die Leviten lesen würde. Bönicke richtete sich auf dem Stuhl auf. In seinen Augen stand Rachsucht.

»Du warst elegant, Joscha, aber auch gnadenlos«, sagte Major Frickhelm, als Bönicke aufbrach, um sich mit einem IM zu treffen, und wir nunmehr allein waren. »Der Unglücksrabe kann nichts dafür, daß man ihn auf dich angesetzt hat. Nebenbei gesagt – damit habe ich nichts zu tun. Die Spionageabwehr hatte diese grandiose Idee. Die haben viel Muße, sogar für so etwas.«

Drei Monate lang hatten wir uns nicht gesehen. Diese schicksalhafte Zeit hatte er in Berlin verbracht, ich am Balaton. Zudem hatten wir einen offenen Konflikt, der nun angesprochen werden mußte. Die Situation mobilisierte meine Gefühle, und ich wollte ihm vorhalten, daß er mit mir ein unehrliches Spiel getrieben hätte. Einerseits verlangt er von mir, meine eigene Tochter zu bespitzeln, was allein schon einer völligen Selbstaufgabe gleichkommt. Und als ich diesen beschämenden Auftrag erfülle, werde ich in ihren Augen auch noch verdächtig! Sie setzen dieses vierunddreißigjährige Milchgesicht auf mich an, das im Unterschied zu mir am 17. Juni 53 nicht der haßerfüllten Menge auf der Stalinallee ins Auge geblickt hat. Und wenn die Spionageabwehr etwas gegen mich hat – warum nimmt mich mein Kommandeur nicht in Schutz? Ist etwa die Treue einseitig, wie eine Rechnung mit fettgedrucktem Soll und ohne Haben?

Ich hatte jeden Grund, meinen seit dem vorigen November angehäuften Unwillen auf Frickhelm abzuladen. Doch war ich durch die zeitliche und räumliche Distanz etwas irritiert. Benutzten wir noch dieselben Worte? Waren wir noch Freunde, sei es auch im weitesten Sinne des Wortes? Hatte der Major irgendwelche perspektivischen Erwägungen, die seine Vorgehensweise mir gegenüber rechtfertigen konnten?

Und wie so oft war er mir einige Schritte voraus. Was auch immer ich ihn fragen wollte, er hatte bereits eine Antwort oder gar eine wichtige Mitteilung parat.

»Joscha, mein Alter«, sagte er leise, beinahe sanft, »ich muß morgen nach Keszthely und dann nach Siófok weiterfahren. Die Kuriermaschine in Budapest wartet bereits auf mich. Das Wochenende muß ich in Berlin verbringen. Nicht aus familiären Gründen – die Firma hat für uns Reisestop und Alarmbereitschaft verordnet.« Er räusperte sich, sein Gesicht zuckte, das leise Zittern seiner Beine nahm zu.

»Manchmal gibt es Sachen, die man erst später erklären kann. Was ich jetzt sage, mußt du als Tatsache akzeptieren. Also: Morgen nachmittag um fünf reist Juan Guittérez über den Grenzübergang Friedrichstraße ein, Tamara holt ihn dort ab. Bis Sonntag um Mitternacht hält er sich in der DDR auf. Juans Kumpel, dieser Bodo, fährt nach Sachsen – dort findet eine kirchliche Zusammenrottung statt. Sie werden in seiner Wohnung allein sein. Juan, das wissen wir aus Telefongesprächen, bringt Schriftstücke mit – keine politischen Flugblätter, sondern persönliche Dokumente. Deine Tochter drängt auf Heirat, um offiziell das Land verlassen zu können – er ist von der Idee weniger begeistert. Sie haben für Montag nachmittag um drei einen Termin beim Standesamt – eine Vorbesprechung.

Wir können und wollen nicht verhindern, daß zwei liebende Herzen sich vereinen. Leider besteht die Spionageabwehr darauf, diesen schönen Augenblick noch etwas zu verschieben. Juan Guittérez reist also am Sonntag ab und kommt am Montag mittag um eins wieder zum Grenzübergang. Dort wird er verhört, um vier Uhr abgewiesen und nach Westberlin zurückgeschickt.

Nun ist Tamara verzweifelt. Sie ruft ständig in der Westberliner Wohnung von Juan Guittérez an, aber vergeblich, die Telefonleitung ist blockiert. Der Junge versucht das gleiche mit demselben Ergebnis. Tamara wird die ganze Nacht kein Auge zutun. Die Sache bleibt aber unklar, und so ist sie erst mal gezwungen, abzuwarten. Roswitha hat übrigens geplant, was du vielleicht nicht weißt, für eine Woche mit Sonderurlaub zu ihren Eltern nach Ilmenau zu fahren, weil ihr Vater kränkelt. Sie fährt ohnehin immer häufiger hin, seitdem du hier bist und die Tochter kaum noch nach Hause kommt. Tamara ist also allein, aber nur fast. Wir passen auf, daß sie keine Dummheiten macht. Die Lösung liegt in meiner Hand – nicht ohne Schwierigkeiten habe ich sie der Spionageabwehr abgetrotzt.«

Ich hatte Mühe, meine Erregung im Zaum zu halten, das kannst du dir sicherlich vorstellen. Aber was hätte ich tun sollen? Mein Mund war ausgetrocknet, und ich sehnte mich danach, die Örtlichkeit zu wechseln, um wenigstens etwas trinken zu können. Frickhelm spürte meine Erregung, musterte mich wortlos und fuhr dann fort:

»Dienstag früh um sechs schicke ich deiner Tochter ein Auto. Formal wird sie als Zeugin im Verfahren gegen Bodo K. wegen staatsfeindlicher Hetze vorgeladen. Dieser Bodo wird ebenfalls in den frühen Morgenstunden zugeführt – Tamara landet aber bei mir. Bis dahin wird sie sich allerlei ausmalen, doch ich werde sie beruhigen: Das Verfahren läuft weder gegen sie noch gegen ihren Freund, den jedoch unsere Organe von einem möglichen Delikt abhalten wollen. Später soll auch die Eheschließung möglich werden.

Aktuell aber wäre es für alle Seiten besser, wenn Tamara für eine Weile von der Bildfläche verschwände. Deshalb bekommt sie von mir ein Flugticket für die Interflugmaschine um 15.35 nach Budapest, außerdem hinreichend Forint. Selbstverständlich werde ich betonen, daß die Kosten nicht die Firma trägt, sondern du, weil du diese Lösung wünschst.

Vielleicht wird deine Tochter zunächst protestieren. Darauf kann ich ihr nur sagen, daß es mir leid tut, aber wir werden Juan Guittérez in absehbarer Zeit nicht ins Land lassen. Wenn sie ihn sehen will, können wir ein Rendezvous in Ungarn nicht verhindern – möglichst außerhalb von Balatonfüred. Summa summarum: Tamara kommt am Dienstagabend um zehn Uhr siebenunddreißig an der Bahnstation Balatonfüred an. Von diesem Augenblick an bist du, Joscha, für sie verantwortlich.«

Ich war von diesem präzisen Drehbuch förmlich schokkiert. So viel können meine Genossen, Hugo. Bewunderung und Ekel, Respekt und Angst vermischten sich in mir. Was für eine Macht ist es, die selbst kurz vor ihrem Sturz eine derart konzentrierte Energie entfalten kann! So absurd mir die Bemühungen um meine Tochter auch erschienen, so freute ich mich doch darauf, daß Tamara zu mir kommen würde. In diesen schwierigen

Tagen war das für mich eine zumindest in Teilen freudige Nachricht.

Am Dienstag ging ich zur Bahnstation, es war Anfang September. Aus dem Zug stiegen dreißig oder vierzig Reisende. Ich wartete beim Ausgang, hörte in das deutsche Gespräch der Späturlauber hinein und schaute überall herum, um meine Tochter gleich in der Menge ausmachen zu können. Dann löste sich das Gewimmel allmählich auf, und der Zug fuhr nach Tapolca weiter. Ich stand noch lange auf dem Bahnsteig.

Tamara war nirgends zu sehen.

Spaziergang 7

Hugo, mein Freund, ich bin von deiner Haltung sehr beeindruckt. Du bist so sehr geschwächt, deine Bewegungen sind langsam, der Appetit läßt nach, der Schlaf ist eine halbwache Bewußtlosigkeit. Und doch ist deine Lebensenergie spürbar. Jeden Morgen stehst du von deiner Decke auf, humpelst durch die Wohnung, gehst Wasser trinken und wartest vor meinem Bett, daß ich wach werde. Du begleitest mich ins Bad und anschließend zum Frühstück in die Küche. Früher wolltest du von allem, was ich auf dem Teller hatte, etwas abbekommen. Heute ist das Interesse an meinen Lebensmitteln eher Gewohnheit.

Draußen bleibst du immer noch an bekannten Orten stehen, schnüffelst mit der Nase am Boden, spürst die Vergangenheit auf. Jeden Bekannten, den wir treffen, nimmst du zur Kenntnis, und du erwartest ebenfalls, Beachtung zu finden. Wenn wir andere Hunde treffen, kümmerst du dich kaum um sie, wedelst nur kurz und läßt sie an dir schnüffeln, damit sie dich als Hund erkennen. Um die Rüden machst du meist einen vorsichtigen Bogen.

Ich weiß nicht, wie ich später mal meinen Tag beginnen soll, wenn du nicht mehr da bist. Und wann immer mir dieser Gedanke kommt, schiebe ich ihn so weit wie möglich weg. Heute gehen wir zur Post und bezahlen die Hundesteuer für das nächste Jahr. Auch 1996 wird es eine Steuereinnahme für einen Dackel namens Hugo geben!

Die Sonne schien noch den ganzen Tag, aber das Licht wurde milder, und das Wasser begann kühler zu werden. Am Nachmittag ließ die Hitze spürbar nach. Wer am Abend spazierenging, tat gut daran, etwas Warmes anzuziehen. Meine Mitbürger saßen in der Àbenddämmerung am Ufer, rauchten, tranken und lachten über ihre Witze. Ich konnte sie ohne Schwierigkeiten von den Ortsansässigen oder von anderen Ausländern unterscheiden.

Da es an inoffiziellen Mitarbeitern nicht mangelte, wußte ich, daß die meisten DDR-Touristen diese merkwürdig vibrierende Spätsaison als Vorbotin einer Schicksalswende betrachteten. In den Falten und Taschen ihrer Schlafsäcke verbargen sie die mühevoll geschmuggelten Diplome, Geburts- und Heiratsurkunden sowie die Adressen der im kapitalistischen Ausland lebenden Verwandten. Sie machten eine Erfahrung, die nur wenigen im Westen vergönnt war: Sie standen am Beginn eines neuen Lebens. Die unbekannte Zukunft sog sie wie ein riesiger Trichter ein.

Als ich unter den Reisenden, die aus dem Zug stiegen, Tamara vergeblich suchte, war ich davon überzeugt, daß auch sie ihren Weg Richtung Westen genommen hatte. Diese Version hatte Gustav Frickhelms präzise ausgearbeiteter Maßnahmeplan sicherlich nicht vorgesehen, aber er konnte sie auch nicht völlig ausgeschlossen haben. Ihm ging es vor allem darum, daß Tamara im Verfahren gegen Bodo K. nicht als Zeugin vernommen werden konnte. Als er mit der Spionageabwehr verhandelte, werden wohl kaum menschliche Erwägungen das Motiv gewesen sein. Er wollte vielmehr um jeden Preis verhindern, daß die Tochter eines hohen Stasi-Offiziers in ein banales Strafverfahren wegen staatsfeindlicher Hetze verwickelt wurde.

Gleichzeitig hatte mir mein Vorgesetzter eine Falle gestellt. Es war naheliegend, daß Tamara vor dem großen Abenteuer Station bei Papa in Balatonfüred machen würde. Sicherlich wollte sie sich verabschieden, vielleicht auch ein bißchen mehr Geld mitnehmen. Dieser Herbst war nicht zuletzt eine Zeit der tränenseligen Abschiede. Weggehende und Dableibende waren meist davon überzeugt, daß sie einander jahrelang nicht wiedersehen würden. Vielleicht ahnten nur wir von der Staatssicherheit, daß der Zusammenbruch der Grenzbefestigungen wie eine Lawine das ganze System mit sich reißen sollte.

Aber noch existierte das System. Seine Regeln waren ebenso gültig wie im gesamten Zeitraum seit 1949. Wenn Tamara mich aufsuchte und mir erzählte, was sie plante, dann war ich gezwungen, das meinem Vorgesetzten zu berichten. Tat ich dies nicht, so brach ich meinen Diensteid, und ein Militärgericht mußte sich mit der Sache befassen. Na gut, dazu war das System bereits zu schwach. Doch darf Straflosigkeit nicht mit Unschuld verwechselt werden. Die Vorenthaltung von wichtigen

Informationen, gar über Straftaten, ist selbst dann ein Delikt, wenn es niemanden gibt, der sie bestrafen könnte. Und ich wollte niemals mit einem Gefühl der Schuld in die Augen meiner Kameraden schauen – nicht einmal in die des Leutnants Bönicke. Das wäre für mich der moralischen Selbstvernichtung gleichgekommen.

Ich schäme mich noch heute dafür, aber in jenen Tagen galt meine größte Sorge nicht der Frage, wo sich meine Tochter jetzt aufhielt, sondern der Vermeidung: Wie konnte ich einer Begegnung mit ihr aus dem Wege gehen?

Aber Frauen wissen immer alles früher und besser als wir Männer, Hugo. Am Dienstag abend hatte ich an der Bahnstation vergeblich auf Tamara gewartet. Am Freitag früh klingelte in meiner Dienstwohnung das Telefon – es war Roswitha.

»Hör zu, Joscha!« Ihre Stimme klang leicht, fast heiter. »Geh heute mittag«, nun las sie mit falscher Aussprache die Ortsbezeichnung von einem Zettel ab, »zur Kossuth-Quelle. Da erwartet dich eine Botschaft von unserem Kind. Tu einfach, was dir gesagt wird. Alles andere besprechen wir, wenn du zurück bist.«

Leutnant Bönicke war in dieser Woche sehr beschäftigt. Major Frickhelm hatte vorige Woche bereits unsere Dienstpässe aus Budapest mitgebracht und gab den Ukas, die Niederlassungen der Balaton-Brigade allmählich aufzulösen. Vor allem mußte die operative Technik in Keszthely und Siófok eingesammelt werden. Bönicke war früh am Morgen weggefahren, und ich ging mittags pünktlich in den Park.

Ich brauchte keine Minute zu warten. Ein junger, schlanker Mann mit hoher Stirn, den ich bereits von weitem bemerkt hatte, trat zu mir und sprach mich an.

»Ich Pater Galambos. Malteserdienst. Du bist DDR-Armee?«

»Ja«, antwortete ich überrascht und war ein bißchen gerührt. Meine Frauen dachten sogar in dieser Situation an meine sorgfältig gepflegte Legende.

»Tochter in Zánka. Pionierlager. Flüchtling. Wartet auf Vater. Auto ist dort.«

Als ich auf dem Vordersitz des fast schrottreifen kleinen Polski Fiat Platz nahm, war für mich klar, daß ich nun alle möglichen geschriebenen und ungeschriebenen Regeln unserer Firma verletzte. Trotzdem war ich seltsam ruhig neben diesem jungen Geistlichen, der den ganzen Weg über schwieg, als seien mit der Botschaft an mich alle seine Deutschkenntnisse erschöpft.

Tamara weinte und konnte gar nicht mehr aufhören. Sie weinte dicke Tränen, wie in ihrer Kindheit, wenn sie hingefallen war, aber den ersten Schreck bereits hinter sich hatte. Ich streichelte ihre dunklen Locken. »Es wird alles gut, mein Kind«, tröstete ich sie, wohl wissend, daß dieses Gute das Ende meiner beruflichen Laufbahn markierte. Sie würde binnen einer Woche nach Wien fahren, wo sie Juan treffen wollte. Von dort aus würden sie nach München reisen, und einen Tag später landete ihr PanAm-Flugzeug in Berlin-Tegel. Egal, was bei uns in der DDR noch weiter passieren würde – sie war jedenfalls in Sicherheit.

Durch das Fenster des kleinen Besprechungsraums

sah ich den Aufmarschplatz des Pionierlagers. Zwischen Blumen und Kieselsteinen stand ein hoher Fahnenmast, an dem keine Fahne gehißt war. Dahinter befand sich eine Tafel mit dem Verhaltenskodex der Jungpioniere. Eine Regel ist mir in Erinnerung geblieben: »Der Pionier liebt und schützt die Natur.«

Pater Galambos hatte versprochen, mich in einer Stunde abzuholen und nach Füred zurückzubringen. Es blieb uns also eine Stunde – für einen Abschied viel zu viel Zeit, für eine richtige Auseinandersetzung hoffnungslos wenig. Wir hatten schon so lange nicht mehr richtig miteinander geredet!

Plötzlich packte mich ein kaum überwindbarer Wunsch, die ganze Wahrheit zu erzählen, einfach alles zu erzählen, was seit November vorigen Jahres geschehen war. Ich sah vor mir wie im Kino, daß die politische Krise der Republik eine dramatische Wende nehmen mußte. Es konnte zu Ausschreitungen, Zusammenstößen, Krawallen, was weiß ich kommen. Nur mal angenommen, die Menge greift das Hauptgebäude des Ministeriums für Staatssicherheit an. Ich bin unter den Verteidigern und komme ums Leben. Wer erzählt meiner Tochter dann die Wahrheit?

»Tamara«, sagte ich kurz entschlossen, »ich muß dich um Verzeihung bitten.«

»Ach, Papa, laß doch!« Sie winkte ab. »Wegen dieser dummen Ohrfeige! Das war doch eine Nichtigkeit. Außerdem hatte ich sie verdient, ich war wirklich ziemlich frech. Dabei bist du der beste Vater der Welt! Und bald wirst du auch der beste Großvater sein!« Sie richtete sich auf, ihre tränenfeuchten Augen funkelten triumphierend. »Aber bitte, bitte erzähl das auf keinen Fall der Mama, bloß nicht. Jedenfalls jetzt noch nicht. Alles muß sich erst mal wieder ein bißchen beruhigt haben. Sonst regt sie sich auf wie verrückt!«

Sieh mal, Hugo, in diesem glücklichen Augenblick hatte doch die ganze Wahrheit nichts zu suchen. Oder?

Am 10. September 1989 brachte das ungarische Fernsehen die Mitteilung, alle DDR-Bürger, die sich in Ungarn aufhielten, dürften mit ihrem Paß das Land verlassen. Der erste Bustransport verließ das Flüchtlingslager Zánka noch am selben Abend. Tamara meldete sich am nächsten Tag telefonisch aus Wien.

Leutnant Bönicke war offensichtlich von den Nachrichten aus der Außenwelt sehr mitgenommen. Erst jetzt begriff er, wie ernst die Lage war. Die Zentrale hatte ihn angewiesen, nicht nur sämtliche Technik einzupacken, sondern auch alle Telexbotschaften einzurollen und nach Budapest mitzunehmen. Im Botschaftsgebäude sollten sie in den Reißwolf.

»Was soll das alles bedeuten, Genosse Hauptmann?« fragte er mit finsterer Miene und bat mich immer häufiger um meine Meinung, wie wir uns die Zukunft vorzustellen hätten. Aber auch ich hatte keine klare Vorstellung, was da auf uns zukam. Würde man zum Beispiel die Balaton-Brigade und die Abteilung für Sozialistischen Fremdenverkehr ganz auflösen, oder würde man sie nur der Spionageabwehr unterstellen? Und wenn ja – wen würde man behalten, und wer mußte an anderen Frontabschnitten unseres Aufbaus tätig werden? »Ich habe schließlich Familie und muß das rechtzeitig wissen«, sagte Bönicke entschlossen und mit einem gewissen Trotz in der Stimme.

Dabei stand er mit seinen Sorgen keineswegs allein. Als er zur Berichterstattung nach Berlin fuhr, aß er jeden Tag in der Kantine der Lichtenberger Zentrale. An allen Tischen des für 600 Personen ausgelegten Speisesaals wurden ähnliche Fragen erörtert, und die Gemüter waren sehr erhitzt. Über exakte Informationen verfügten nicht einmal die immer ein wenig besser informierten Mitarbeiter der Zentralen Auswertungs- und Informationsgruppe. Womöglich herrschte ähnliche Unsicherheit auch hundert Meter weiter in dem Edelrestaurant für die höheren Chargen, das man gewöhnlich als »Feldherrnhügel« bezeichnete.

Zweifelsohne war Leutnant Bönicke von jeder Änderung empfindlicher betroffen als ich. Alte Arbeitspferde meines Schlages konnte man schlimmstenfalls, versüßt mit einer Ausgleichszahlung, aufs Altenteil schicken. Was sollte aber ein gesunder, vierunddreißigjähriger Mann mit sich anfangen, der einzig und allein gelernter Geheimpolizist war? Es kam so weit mit mir, daß ich meinen unsympathischen jungen Kollegen sogar bedauerte. Plötzlich hatte ich Verständnis für den Eifer, mit dem er mich belauert hatte. Schließlich, so glaubte er, mußte er Außergewöhnliches leisten, um im Apparat bleiben zu dürfen.

Übrigens wies nichts darauf hin, daß er seine Bespitzelung auf meine Kosten nach der Unterredung mit Frickhelm weiter betrieb. Vor allem diese Tätigkeit hatte nun jeden Sinn verloren. Arbeit hatten wir ohnehin kaum noch. Unser Kontakt zur Zentrale beschränkte sich auf einige wenige Telexbotschaften. Jeden Tag erwarteten wir aus Budapest den Kleinbus Barkas, der die technischen Geräte abholen würde. Leutnant Bönicke sollte die Fracht begleiten und dann mit der Kuriermaschine nach Berlin fliegen, was gleichzeitig den Abschluß seiner Entsendung bedeutete. Ich mußte noch ein paar Tage länger bleiben, um möglicherweise eintreffende Informationen zu bündeln und die angeforderte Einsatzplanung der Agenten für die Sommersaison 1990 fertigzustellen.

Ich brauchte also keine Angst vor den neugierigen Blicken des Leutnants Bönicke zu haben. Wenn ich es recht bedenke, hatte ich auch kaum etwas zu verstecken, abgesehen mal von Jolis Petőfi-Band und den Fotos, die sie von uns in Keszthely gemacht hatte. Es stand nicht zu befürchten, daß mein Kollege ein Auge auf Petőfis Lyrik werfen würde. Und die verräterischen Fotos trug ich ständig bei mir, in der linken Innentasche meiner Jacke. Gründlicher ansehen wollte ich sie mir zunächst nicht – das verschob ich auf später, so dachte ich, auf eine Zeit, in der ich mehr Muße hatte und mich nicht jede Minute auf meine Verpflichtungen konzentrieren mußte.

Der Kleinbus aus der Botschaft kam am Freitag, dem 15. September gegen Mittag. Kurz zuvor lud mich Leutnant Bönicke zu einem Obstbrand ein. Wir saßen draußen im Espresso Kedves. Aus einem Kirschschnaps wurden zwei, schließlich auch drei. Das war mehr, als ich vertragen kann. Außerdem knallte die Sonne, für die Jahreszeit an diesem Tag viel zu warm, regelrecht vom

Himmel. Ich zog mein Jackett aus, war aber trotzdem schweißüberströmt. Auch Bönicke hatte einiges vom Geist des Getränks abbekommen – zumindest sah er so aus. Er bat mich händeringend um Verzeihung wegen der, wie er sagte, schmutzigen Arbeit auf meine Kosten.

»Doch selbst die blödesten Sachen sind zu irgendwas gut, Genosse Hauptmann«, sagte er plötzlich. Ich schaute ihn fragend an und wartete, meine Zunge klebte trocken am Gaumen. Bönicke setzte fort: »So konnte ich mich davon überzeugen, daß du ein makelloser, hundertprozentiger Tschekist bist. Und nun muß ich es einfach mal sagen: Es war ein Genuß, mit dir zu arbeiten.«

Ehrlich mal, Hugo, ich war tief berührt, ich Blödmann. Am liebsten hätte ich meine Dankbarkeit für diese Offenheit mit einer männlichen Umarmung zum Ausdruck gebracht. Ich schaute ihm aber nur fest in die Augen und gab ihm die Hand. Wir trennten uns mit einem starken, kameradschaftlichen Händedruck.

Bevor wir jedoch das Café verlassen konnten, ging ich etwas taumelnd Richtung Klo. Die ungewohnte Menge des konsumierten Getränks wirkte gleichzeitig auf meine sämtlichen Verdauungsorgane. Ich erleichterte mich und wusch mir dann die Hände und das Gesicht. Aus dem Spiegel schaute mich ein faltiger alter Mann an.

Bönicke stand bereits an der Tür und beglich die Rechnung. Dann half er mir höflich beim Anziehen der Jacke.

Genau eine Woche später, um sechs Uhr morgens, kam auch für mich die Stunde des Abschieds. Ich setzte mich bei kühlem, herbstlichem Wetter an das Steuer des roten

Lada. Ich hatte einen Weg von zwölf Stunden oder mehr vor mir. Denn meine Ankunft an den Grenzübergängen war nicht mehr, wie früher üblich, vorher angekündigt worden. Genauer gesagt: Es gab niemanden mehr, der mich ankündigen konnte.

Nicht nur hatte ich eine mühsame Reise vor mir, sondern ich rechnete außerdem mit der Wahrscheinlichkeit, in einem Land anzukommen, das sich in den letzten Monaten bis zur Unkenntlichkeit verändert hatte. Wehmütig warf ich einen Blick auf den morgendlichen See. Plötzlich hatte ich den nostalgischen Wunsch, den Wagen an der Shell-Tankstelle aufzutanken, wo Joli und ich nach unserer kurzen Wochenendreise Station gemacht hatten. Und es war kein Zufall, daß ich nun zum ersten Mal das Männerparfum benutzte, das ich mit Joli gemeinsam im Warenhaus Füred gekauft hatte.

Nach dem Tanken ließ ich mir noch etwas Zeit und fuhr das Auto auf den benachbarten kleinen Parkplatz. Ich trank einen Kaffee aus der Thermoskanne und blieb noch eine Weile im Auto sitzen. Neben mir lag der Petőfi-Band. Nun brachte ich den ewig verliebten Dichter mit der Frau in Zusammenhang, für die es sich gelohnt hatte, diese verdammte Entsendung und alles, was daraus folgte, auf mich zu nehmen. Ich war in lyrischer Stimmung, Hugo, und du weißt, wie verschwindend selten so etwas bei mir vorkommt.

Aus meiner Kindheit erinnerte ich mich vage nur noch an das Petőfi-Gedicht »Meiner Mutter Henne«. Der Dorfschullehrer Árkossy befahl uns im Herbst 1944, den Text auswendig zu lernen. Wer einen Fehler machte, bekam mit dem Lineal Schläge auf die Finger. Wie schade, dachte ich, daß man mir damals jede Lust an Petőfi und der Poesie ausgetrieben hat. Denn die Zeilen des Gedichts »Ende September«, die ich nun im Auto las, paßten vollkommen zur Jahreszeit, zum Ort und vielleicht auch zu mir:

Noch blühen die Blumen des Gartens im Grunde,
Am Fenster, da grünt noch die Espe so schön,
Doch naht schon des Winters bedrohliche Stunde,
Es blinket der Schnee schon von bergigen Höhn.
Noch flammt mir im Herzen des Hochsommers Lohen,
Die Fülle des Frühlings und sonniger Schein,
Doch bald ist das Dunkel der Haare entflohen,
Und Winter webt Fäden aus Rauhreif hinein.

Vielleicht war die Schönheit dieser Worte daran schuld, daß ich mich mit dem Trost der Lyrik allein nicht zufriedengeben wollte. Nun wollte ich mir in Ruhe die Fotos ansehen, die ich von Joli im Espresso Hundeblume – oder Tulpe – geschenkt bekommen hatte.

Mit einer spontanen Handbewegung griff ich in die linke Innentasche meiner Jacke. Sofort spürte ich, daß der Umschlag mit den Fotos nicht mehr da war.

Epilog

Natürlich ist es Zeit, endlich dieses lange Märchen zu beenden. Du möchtest gern ruhig auf der Seite liegen, zusammengerollt wie ein junger Hund, möchtest dein schmerzendes Bein mit dem Kopf wärmen. Eigentlich kann ich diese Geschichte aber gar nicht beenden, sie wird unvollendet bleiben. Doch das Wichtigste möchte ich dir noch mitteilen.

In der Zeit, als für die Mitglieder des Dienstes die Familie und das Heim als einziger Zufluchtsort übrigblieb, zerfiel meine Familie endgültig. Dies begann bereits am Tag meiner Rückkehr. Kaum hatte ich die Wohnung am Leninplatz betreten, sagte Roswitha zu mir, statt mich zu begrüßen: »Auf deinem Schreibtisch liegt ein Briefumschlag. Er ist an mich adressiert, Absender anonym, aber was drin ist, gehört dir. Jedenfalls erhebe ich keinen Anspruch darauf.« Du darfst dreimal raten, Hugo, was sich in dem Couvert befand. Es waren zwei Aufnahmen von zehn. Vor meinem inneren Auge erschien das rachsüchtige Gesicht von Bönicke.

Roswitha redete den ganzen Tag über kein Wort mit mir. Erst am Abend, als ich versuchte, endlich mit ihr über Tamaras Flucht zu sprechen, sagte sie: »Wir hätten uns damit viel eher befassen müssen. Jetzt geht hier alles zu Ende, und wir sollten sehen, wie wir zurechtkommen. Auch für deine Liebesaffären haben wir jetzt keine Zeit.«

Im Sommer 1990 dankte sie als Schulleiterin in der POS Kurt Tucholsky ab und ließ sich als Deutschlehrerin in eine POS nach Marzahn versetzen. Doch half ihr dies nicht, ihren Ruf als unsere Informantin loszuwerden. Als die Mauer fiel, fuhr sie sofort nach Westberlin, um Tamara zu treffen und das Baby zu sehen. Ich kämpfte lange mit mir, aber ich konnte mich nicht entschließen, mitzufahren, obwohl damals bereits einige unserer demoralisierten Mitarbeiter auf dem Ku'damm herumliefen und das elende Begrüßungsgeld kassierten. Zu Weihnachten kam Tamara mit dem Kind zu uns.

Roswitha sah in Berlin keine berufliche Perspektive mehr für sich. Im letzten Augenblick vor der sogenannten Wiedervereinigung fanden ihre Eltern für sie in Ilmenau eine Ausbildungsstelle in der Altenpflege. Wir ließen uns nicht scheiden, und Roswitha versprach, jedes zweite Wochenende nach Berlin zu kommen. Sie kam tatsächlich, aber sie übernachtete jedes Mal bei Tamara. Unser Zusammenleben war damit faktisch beendet.

Was aus mir wurde, kannst du dir unschwer ausmalen, Hugo. Ich wurde zeitgleich mit Major Frickhelm in Rente geschickt – er hatte bereits das entsprechende Alter, ich ging in den Vorruhestand. Es kann keine Rede davon sein, daß ich verfolgt oder diskriminiert worden wäre. Für mich war es schlimm genug, daß ich im Oktober 1990 Bürger jenes Staates wurde, gegen den ich ein Leben lang gekämpft hatte. Wir beide leben nun allein, Hugo. Ab und zu treffe ich mich mit Hauptmann Kuschel, Hauptmann Wilde, Oberleutnant Höcker und auch mit Leutnant Bönicke, dem Schwein. Jelena Kuschel kocht immer Pelmeni, wir trinken Wodka und hören Ernst Busch und den Oktoberclub, manchmal sogar die Puhdys. Unsere Gespräche drehen sich viel um Krankheiten.

Am Anfang nahm auch Gustav Frickhelm oft an unseren Begegnungen teil. Wir betrachten ihn nach wie vor als unseren Vorgesetzten. Wenn er fragt, wie es uns geht, erstatten wir Rapport und beraten mit ihm unsere Probleme. Nachdem er eine Privatdetektei gegründet hat, in der auch Bönicke und Jelena Kuschel untergekommen sind, hat er leider viel weniger Zeit für uns. Er hätte auch mich genommen, aber ich habe keine Lust mehr auf Bönicke.

Roswitha und mir ist also nichts Außergewöhnliches widerfahren. Dafür wurde Tamara gleich von mehreren Katastrophen ereilt. Schon bald nach dem glücklichen Wiedersehen in Wien teilte ihr Juan Guittérez mit, daß er sich in ein chilenisches Mädchen verliebt habe. Das fiel mit der dortigen Generalamnestie zusammen, und Juans Familie ging schon bald nach Chile zurück, nachdem der künftige Vater noch schnell den Namen für sein Kind festgelegt hatte. Tamara hörte nie wieder etwas von ihrer großen Liebe – bis auf die Alimente, die später regelmäßig per Auslandsüberweisung eintrafen.

Über der ganzen Aufregung hätte sie beinahe das Kind verloren. Ernesto Che war eine Frühgeburt und kränkelte lange. Die ersten drei Jahre seines Lebens war so viel Fürsorge erforderlich, daß Tamara nicht an ein Medizinstudium denken konnte. Ebensowenig konnte sie eine Arbeit aufnehmen. Sie wohnte in einer schäbigen Dachwohnung in Kreuzberg und lebte von Sozialhilfe. Einen neuen Freund gab es nicht, wahrscheinlich wollte sie erst mal keinen nach dieser großen Enttäuschung.

Nachdem Roswitha nach Ilmenau gezogen war, fand Tamara Unterstützung im Alltag vor allem durch mich. Wir rückten sehr nahe zusammen. Ich lud sie mehrfach ein, doch zu mir zu ziehen, aber sie wollte mir nicht zur Last fallen. Allerdings verbrachte sie mit dem Kleinen alle Wochenenden bei mir, an denen Roswitha nicht in Berlin war. Ernesto Che entwickelte sich immer besser, und das Zusammensein mit ihm war für mich die reine Freude. Tamara sah sich darin bestätigt, daß ich nicht nur als Vater, sondern auch als Großvater etwas taugte.

Damals hatte ich das Gefühl, endlich eine richtige Familie zu haben. Ich kaufte für meinen Enkel Spielzeug, Bücher, ein kleines Bett und richtete Tamaras ehemaliges Kinderzimmer für ihn ein. Wir machten Ausflüge und feierten gemeinsam mit Roswitha auch Weihnachten zusammen. Es schien alles ins Lot gekommen zu sein.

Aber diese Idylle war nicht dazu geeignet, meine Angst und meinen Leidensdruck abzuschwächen. Man kann die eigenen Verfehlungen leugnen, rechtfertigen, vor anderen geheimhalten, oder man kann sie zugeben, bereuen, sich Gedanken machen, wie man sie wieder gutmacht. Ich habe diese Sache tausendmal durchdacht, aber ich komme mit meinen Grübeleien niemals zu einem Ergebnis.

Beginnen wir mit dem Verleugnen. Dazu bin ich unfähig, ich weiß, was ich weiß. Rechtfertigen kann ich meine Handlungsweisen, weil ich mit allem, was ich getan habe, dem System dienen wollte. Wäre das System noch da, so würde ich ihm weiterhin dienen. Aber daß ich Berichte über meine Tochter geschrieben, ihr Foto weitergeleitet habe – daran war nicht das System schuld, sondern ich allein. Und direkt oder indirekt habe ich damit meine Familie zerstört und teilweise auch das Leben meiner Tochter.

Was die Geheimhaltung dieser Verfehlung anbelangt, so glaubte ich zunächst die Spuren verwischt zu haben. Im November ging Major Frickhelm persönlich mit den

Akten zum Gerät Intimus, das Tag und Nacht ununterbrochen lief. Nicht alle hatten Vertrauen zu dieser Maschine. Nach der Ablösung des Genossen Honecker schafften einige Mitarbeiter ihre Akten mit Lastkraftwagen aus dem Objekt und lieferten sie tonnenweise an das nächste Heizkraftwerk. Vielleicht haben sie recht daran getan. Aber die Abteilung Sozialistischer Fremdenverkehr ließ sich von dieser Panikmache nicht beeindrucken.

Später, als die Hetzjagd gegen die Firma begann und allerlei Papiere in unberufenen Händen oder bei skrupellosen Medien landeten, war ich nicht mehr sicher, daß ich heil davonkommen würde. Es war auch vollkommen unlogisch, daß Frickhelm meine Berichte nur für sich behalten haben sollte. Ein Papier ist kein Papier – das weiß jede Bürokratie, die auf sich hält. Allein du, Hugo, bist an mindestens drei Orten erfaßt: bei der Kommune, beim Finanzamt und in der Kartei des Tierarztes. Selbst dein kleines hinfälliges Leben bedarf einer Reihe von Schriftstücken.

Es bleibt mir also, um es mit dem Pathos der dissidentischen Heuchler zu sagen, die Reue, das Bekenntnis und die Wiedergutmachung. Von der Reue war ich sofort heimgesucht worden. Was ich getan hatte, bereute ich so sehr, daß ich manchmal dachte, es wäre besser, nie geboren zu sein. Oder gleich krepiert zu sein, als die Kollegen in Aue mit dem »Blauen Würger« meine Trinkfestigkeit auf die Probe stellen wollten. Ein paar Jahre nach der Wende glaubte ich mit einem gewissen Recht, einiges korrigiert zu haben. Ich teilte Tamaras Trauer und Einsamkeit, wie es nur ein Vater kann, ich ging mit ihr zu Kinderärzten, begleitete sie auf Arbeitssuche, gab ihr Geld, so viel ich konnte. Das entspricht wohl dem Begriff der Wiedergutmachung, nicht wahr?

Als ich zur Beerdigung meines Vaters in Csalányos war, erzählte ich Anti Balog in groben Zügen, ich hätte eine schwierige Vergangenheit. Er, der sein ganzes Leben als Schmied im Dorf verbracht hatte und ein frommer Kirchgänger war, schlug mir vor zu beichten. »Seppi! Erzähl dem Popen alles!« sagte er. »Erzähl ihm alles, dann kriegst du die Absolution.«

Beichten, Hugo? Das ist leicht gesagt! Denn was heißt es für einen Tschekisten, zu beichten? Das ist eine komplette, hundertprozentige Dekonspiration!

Und doch: Zwei Stunden später ging ich zu Pater Sigismund, bei dem ich als Kind Ministrant gewesen war – nicht um zu beichten, sondern um mit ihm zu reden. Der Alte freute sich sehr über meinen Besuch und drängte gar nicht auf die Beichte.

Ich saß drei Stunden bei ihm. Zuerst erzählte ich von meinem Ehebruch und dann einiges über meine geheimdienstliche Arbeit, ohne mich allzu sehr in Einzelheiten zu vertiefen. Ich gab zu, gegenüber meiner Tochter gesündigt zu haben, nur das Wie konnte ich nicht vollständig erzählen. Ich glaube aber, er hat mich auch so verstanden.

»Lieber Himmel, Seppi!« sagte er. »Dem lieben Gott ist es völlig egal, wann du deine Sünden zugibst. Er hat Zeit. Anders ist es mit denen, in deren Schuld du stehst. Du mußt mit ihnen klar reden. Es ist nicht gut, wenn sie die Wahrheit aus einer anderen, vielleicht unsauberen Quelle erfahren.«

Ich hätte auf ihn hören sollen, Hugo. Ich hätte keinesfalls abwarten dürfen, bis Tamara ihre Akte bei der Behörde beantragt hatte, die unsere Geheimnisse preisgibt und sogar Papierfetzen zusammenklebt, um zerrissene Dokumente wieder zu vervollständigen. Ich hätte nicht warten sollen, bis mir Tamara die Kopie des Operativen Vorgangs »Venceremos« in einer schäbigen Friedrichshainer Kneipe wortlos überreichte. Das Material war lückenlos: Fotos, Privatbriefe, Geheimberichte. Muchacho, Muchacha, El Padre. Mein Glaube, meine Torheit, meine Liebe, meine Feigheit. Sogar meine ängstlichen Versuche, mich aufzulehnen, waren vollständig abgebildet. Und El Padre ist nun blamiert. Für meine Gefühle fehlen mir die richtigen Worte, Hugo.

Das alles war vor einem halben Jahr. Ich habe seitdem immer wieder Tamaras Telefonnummer gewählt. Jedesmal kam ich bis zur vorletzten Ziffer, dann legte ich den Hörer auf. Sollen wir es jetzt noch mal versuchen, Hugo?